n'gomo

Du même auteur

Une question de jours, Denoël, 1984
Blanc Métal, Denoël, 1987
Carlingue, Julliard, 1988
Venise Interdite, Claire Martin du Gard Editeur, 1990
Imerina, Verticales, 1998

éric nonn

n'gomo

verticales

ISBN 2-84335-033-6

Il y a de la nuit et de la brume. L'aéroport est sinistre. Toutes les boutiques sont fermées. Il n'y a plus de duty free.

Il n'y a plus que les lumières d'un café de salle d'attente avec quelques voyageurs, des hommes seuls. Ils ont tous l'air de sortir d'une mauvaise nuit d'amour, d'un sex-shop.

Heureusement, ça clignote, Libreville, Bangui, vol Air France.

Je suis peut-être le seul à partir à la recherche d'une histoire à raconter. De l'émotion, il faudra bien que je trouve de l'émotion, là-bas, au Gabon.

Je n'arrive pas à dormir dans cet avion, cet avion zinc avec terminus Bangui. Je n'arrive même pas à somnoler. Il faut que je retrouve ma liberté, ma liberté d'avant, celle de ma jeunesse, ma liberté de trottoir, et que je ressente ma peau. J'ai un peu oublié l'odeur de ma peau.

A deux heures trente, dans la nuit, je suis malade, heureusement violemment. Je ne déteste pas être à genoux dans les toilettes d'avion, après un repas de voyage.

Je dégueule. Peut-être l'appréhension, la peur de l'émotion, de la chance, de ne pas trouver les mots qui racontent ?

Maintenant, je suis à jeun, je suis bien. En fait, maintenant, j'aime de plus en plus être à jeun.

A cinq heures du matin, nous atterrissons à Libreville. Je retrouve la chaleur moite, cette chaleur humide qui s'enfourne sous les pantalons, une chaleur de tarmac équatorial. Cela me rappelle le Congo, une autre histoire, Brazza, Pointe Noire, une histoire d'eucalyptus, d'une usine imaginaire de papier kraft, dans une forêt sans odeurs, clonée, une histoire encore plus fausse que les miennes mais bien plus onéreuse.

C'est fait. Maintenant, je suis à jeun et je marche sur la piste de l'aéroport de Libreville avec mes mocassins de Paris. Je hais les chaussures de touriste, de sport, de randonnée.

Il y a mon nom sur une pancarte, à la douane, à l'arrivée. Je déteste être accueilli avec mon nom sur une pancarte. J'aurais dû le dire. Je l'ai oublié.

J'aurais préféré me débrouiller seul, prendre un taxi, un café du matin dans Libreville.

Il pleut. Il pleut une pluie de saison.

J'ai à peine le temps de voir la ville, l'avenue Triomphale, de l'Indépendance ou de la Révolution.

Je devrais descendre de cette voiture de fonction, envoyer faire foutre ce petit expatrié qui m'ennuie avec sa suffisance, sa prétention, ses certitudes. J'ai honte d'être avec lui, j'ai honte de son racisme ordinaire qu'il croit être de la bienveillance. J'ai honte aussi de sa chemise rose et de son jean de rock and roll en ce petit matin.

Mais je me confonds en excuses, d'être là, d'être arrivé à une heure indue, et je le remercie pour sa promenade automobile.

Une fois de plus, je regrette de ne pas avoir aussi mauvais caractère qu'on le dit.

Enfin, je suis seul maintenant, dans une loge avec une lucarne. Il y a là juste une table et un lit d'appoint en ferraille avec un matelas de mousse. La douche est dans le couloir. Ils m'ont donné des clefs pour entrer par la porte de service, une porte en fer sur un mur aveugle. Il paraît que tout le monde se trouve bien ici. C'est ce qu'ils me disent au Centre culturel français.

Normalement, je serais parti, j'aurais fui cet endroit, mais je ne suis pas là pour moi, je suis là pour trouver une histoire qui ne m'appartient pas.

J'aurais préféré une case plutôt que cette pièce en béton où l'on ne peut dormir qu'à moitié habillé.

Jamais je ne dormirais autrement qu'à moitié habillé dans ce lieu.

Je découvre un peu Libreville. Je sais que je ne vais pas aimer cette ville. C'est une ville sans géographie, sans géographie apparente, une ville par hasard, une ville sur le golfe de Guinée, une ville de mer sans port, pour navires de passage, pour navires en rade.

La mer, l'Atlantique est là avec ses vagues qui viennent crever sur un semblant de plage, une plage comme un remblai. C'est un peu toujours comme cela dans les grands golfes, l'océan vient s'y traîner jusqu'au rivage. Ici, l'océan arrive à la traîne sur les bancs de sable.

Dehors, je retrouve le pas nonchalant de l'Afrique, un pas de sandales.

Je n'ai rien à faire qu'à rester là à attendre la violence, la fuite, la liberté.

Je passe sous les arbres palmistes, les arbres éventails, les arbres des voyageurs. Je cherche et je trouve un café, un café qui ouvre à six heures du matin, à six heures «presque» comme ils disent ici. J'ai toujours eu ce souci du café matinal comme tous les insomniaques de l'aube.

Je suis reçu par le Directeur du Centre culturel. Je ne sais plus. Je ne m'en souviens plus. J'attends. Je me tais. Je ne dis rien et j'attends. J'attends la fuite, le hasard.

Ce que je viens faire, ce que je veux faire, je n'en sais rien, j'attends. J'attends d'être prêt, prêt pour le hasard.

Je dis quand même que je suis venu au Gabon pour voir le fleuve Ogooué, leur fleuve, leur fleuve célèbre de Lambaréné, leur fleuve de bois, des trains de bois qui viennent en rade se cogner aux derricks, plus loin, plus au sud, à Port Gentil.

Dehors, je vois des fangs, des myénés, des eshiras, des baponous. Mais je ne reconnais pas encore les ethnies de ce pays sous-peuplé.

C'est étonnant comme en Occident, on croit toujours à tort que l'Afrique est surpeuplée.

Je rentre dans ma cellule. La nuit tombe, la nuit de dix-huit heures vingt, en équateur. Debout sur une chaise, je regarde par la lucarne. J'aperçois une jeune femme couchée sur une natte dans l'herbe, comme une lézarde, comme une de ces lézardes avec du rouge sous la gorge. Elle agite doucement un foulard rose pâle au-dessus d'elle comme si elle jouait avec les nuées de moustiques. Ses jambes noires sont ouvertes à la nuit qui vient. Elle est d'une superbe impudeur, de loin, avec ses cuisses ouvertes, ses genoux relevés.

Des nuages gris apportent la nuit du golfe de Guinée, de la côte.

Les arbres passent du vert sombre au noir.

Je regarde cette femme. Le toit de sa case est encore gris blanc, tôle blanche, comme un miroir, comme s'il prenait les dernières lumières du jour pour elle, seulement pour elle.

Un homme vient la rejoindre. Il fait presque nuit. Je ne vois plus que le foulard rose pâle. Je ne peux plus que deviner leur indécence lointaine.

Je ne les vois plus. Ils viennent d'entrer dans la nuit. Je l'ai juste vue s'agenouiller sur lui. Ils peuvent se dire tous les mots du monde, les insectes les couvrent de leurs bruits de cigales, de criquets. Maintenant, ils s'appartiennent, ils sont libres, libres d'eux-mêmes.

Je traîne lamentablement de ma cellule au café. Je traîne tous les jours jusqu'à vingt-trois heures, jusqu'à la fermeture par les serveuses du soir, les serveuses de nuit occasionnelles qui se droguent à la chanson d'amour.

Et je regarde passer des taxis à capots rouges.

Qu'est-ce que vous voulez ?

Je voudrais trouver une femme de mon âge, une femme du fleuve. Je voudrais remonter le fleuve avec elle.

Je voudrais trouver un regard, un regard qui m'intéresse.

Je m'ennuie. Je commence à avoir vraiment envie de partir, mais je reste. Je lis. Je lis des livres sur le Gabon. Je vois des Blancs, des Noirs, des docteurs, des curés linguistes, philatélistes, des conseillers, des candidats et un poète officiel qui me demande mon passeport avant de me parler.

Je m'ennuie à mourir mais je reste quand même là. J'attends la violence qui me donnera les mots.

Les mots me manquent.

Aujourd'hui, j'ai remarqué une petite vendeuse d'arachides, une gamine sans sourire, une gamine ébène, silencieuse, une marchande de rue. Elle a une entaille sur la joue gauche, et une voix grave, cassée, anormale quand elle donne le prix des ses arachides qu'elle vend dans des cornets de papier journal.

Ici, les arachides sont huileuses, tendres comme des noix fraîches.

Encore deux jours et deux nuits à Libreville.

Il a beaucoup plu aujourd'hui, à verse.

Il fait moite, toujours moite humide.

Je n'aime pas la climatisation et je me fous des moustiques, je n'y pense plus, je me fous qu'ils me piquent à partir de cinq heures tous les soirs. Je vois des gens et je vais d'un café à l'autre.

C'est curieux, on ne voit pas beaucoup d'enfants ici, dans ce quartier. Ils ne sont pas dans les rues. Très peu sont dans la rue.

De dix-sept heures à dix-huit heures, c'est le bruit, les coups de cornes, les cliquetis de ferraille des automobiles qui passent sur les ralentisseurs.

Je n'ai pas d'émotions. Je m'ennuie.

Dix-sept heures quarante-cinq, les lumières s'allument mais il fait encore jour.

Je n'ai pas encore vu de femme enceinte, mais c'est normal, la stérilité est importante ici. C'est ce que j'ai lu. Cela doit être vrai.

Je n'ai rien à raconter. Je n'ai rien à dire. Je n'ai pas envie d'écrire. Je m'enferme. Je m'enferme doucement avec une autorisation de sortie jusqu'à vingt-trois heures avant de me coucher habillé sur le matelas de mousse. Je m'enferme et j'attends mon départ pour le fleuve, pour l'Ogooué. Je pourrais partir dès maintenant, mais je préfère attendre encore ces mots, ces quelques mots qui font le début d'une histoire puisque j'ai l'obligation d'écrire une histoire sur ce fleuve, l'Ogooué.

Nuit. Nuit moite d'équateur.

J'ouvre la lucarne pour laisser entrer les moustiques. Je ne veux pas être seul.

Six heures. Je sors par la porte de service du Centre culturel français. J'ai tout oublié de la veille. C'est l'avantage des habitudes, d'oublier ce qui s'est passé la veille. Le café est fermé. J'attends Laurent, le Camerounais. Il arrive en pressant le pas. C'est étonnant, quelqu'un, ici, qui presse le pas. Il m'offre toujours mon premier café. Pour lui, je suis l'homme qui vient tous les jours à six heures, avant les premiers clients, avant même la Gabonaise de Lambaréné, la Gabonaise de la caisse qui fait le six heures trente et qui compte les tickets de la veille. Elle est assez belle. Elle ressemble à une effigie de ces timbres-poste d'Afrique équatoriale française. Elle a ce profil-là, d'une de ces effigies que l'administration coloniale montrait seins nus et qui se collectionnaient dans des albums aux couvertures outremer. Les Mariannes noires d'Afrique étaient toujours seins nus à cette époque-là. J'aime comme elle arrive, toujours fatiguée de sa nuit à l'alcool, à la danse. Elle est malade, un peu fiévreuse.

Tous les matins. Elle dit juste qu'elle est malade, que ce n'est rien. Mais peut-on dire autre chose dans ce pays de maladies endémiques ?

«J'ai cherché ton cœur», «J'ai cherché ton cœur». Elle ne se trompe pas, elle met toujours la même musique, la même chanson qu'elle fredonne avec des accents de Novotel, de chanteuse de Novotel, tout en se maquillant dans la grande glace de la salle. Avec Laurent le Camerounais, nous regardons ses longues jambes et son cul presque nu sous la trame du tissu collé à sa peau. Nous la regardons cacher sa nuit sur son visage avec de la couleur dans cette grande glace de salle de café. C'est émouvant, une jeune femme sentimentale qui fredonne à six heure trente du matin «j'ai cherché ton cœur» au retour d'une nuit à l'alcool, d'une nuit blanche.

Elle me trouve bien aujourd'hui dans mon costume de ville, d'été, de ville balnéaire, de Saint-Germain-des-Prés, un costume fantaisie, comme on disait dans le temps. Je n'ose pas lui dire que c'est le seul que je possède. Je n'ai pas envie de la décevoir si tôt le matin.

Il pleut. Il pleut de l'eau d'équateur.

Je me force à trouver belle une écolière sous son parapluie, une écolière de l'école à jupes vertes.

J'en ai assez de cette vue sur parkings, de ce quartier d'immeubles officiels qui puent l'architecte, l'architecte de concours. J'en ai assez de ce centre culturel avec son toit qui fait une vague, une vague verte, ondulée. Je veux fuir sur l'Ogooué. Je veux remonter le fleuve. Je veux tout oublier. Je veux trouver une histoire sur l'Ogooué, entre l'île Mandji et l'île de Lambaréné.

«Je ne veux faire de mal à personne, en remontant le fleuve.»

C'est tout ce que je demande à la prêtresse des faubourgs, dans sa case sacrée. Je suis assis devant des lyres habillées de tissu comme des poupées. Je viens de partager avec elle le fanta, l'orangeade d'épicerie, l'alcool blanc, le gâteau fabriqué à Nantes, et une moitié d'œuf de poule de savane. Je ne comprends rien à ce qu'elle me raconte si ce n'est que cela ressemble à une littérature d'horoscope. Elle est penchée devant moi à l'africaine équatoriale, les jambes tendues, les fesses hautes, les cuisses légèrement écartées. Pour la cérémonie, elle porte un pagne long très échancré qui laisse voir ses seins lourds, son ventre et sa toison noire un peu grise de poussière et de sable. Son regard est brumeux et elle me semble droguée, à moitié empoisonnée par quelque racine secrète.

Sa petite fille est assise à côté de moi et je lui ai demandé un dessin d'elle sur son cahier d'écolier. Tout à l'heure, je partirai avec ce dessin fétiche.

«Je ne veux faire de mal à personne en remontant le fleuve», ces mots me sont venus comme des mots d'hier, comme des mots anciens. Je la paye trois mille francs CFA, ce n'est rien, c'est le prix pour une phrase qui vous échappe, le reste n'a pas d'importance, je la paye aussi trois mille francs pour le droit de regard sur son corps nu, ce n'est rien non plus, converti en argent de France.

Je suis venu là à cause d'une Fang qui doit remonter l'Ogooué avec moi. Je sais que c'est une usurpatrice, comme son mari blanc. Il y a des hommes et des femmes comme cela, qui ne peuvent s'empêcher d'usurper, ne serait-ce que leur propre histoire. Je vais donc remonter l'Ogooué avec la seule Gabonaise qui ne m'intéresse pas. Mais j'aime la contradiction, la provocation, souvent cela donne des mots, des phrases.

Un jour, un jour quand même, il faudra que j'oublie les mots. Peut-être...

Je viens de reprendre mes chaussures à l'entrée de la case, et maintenant, j'attends demain.

Je ne dis plus rien. Je ne suis plus tout à fait moi. Je ne suis plus que quelqu'un qui va commencer une histoire.

Je ne dis plus rien.

Ce soir, je vais aller écouter des mots de cinéma cachés derrière une image plate projetée sur un drap de tissu blanc tendu. Et j'écouterai les rires des spectateurs de cette comédie africaine. Je les écouterai rire de la malchance, c'est souvent comme cela dans les comédies.

Aujourd'hui, j'ai tout oublié. Il n'y a plus rien d'important pour moi que d'attendre demain et d'arriver au fleuve, ce fleuve Ogooué que je dois remonter de l'île Mandji à l'île de Lambaréné, la fin de mon voyage, la fin de mon histoire, puisque je ne suis convoqué ici que pour aller seulement jusqu'à Lambaréné.

Aujourd'hui, j'ai tout oublié, je ne dis plus rien.

Demain, je m'en vais, je pars.

Libreville. Je pars en bigame avec la Fang qui se dit princesse de Lambaréné et avec l'épouse du directeur du Centre culturel, une femme blanche, blonde, et saxophoniste. Elles veulent voir un écrivain en mission. Mais je ne suis qu'un prétexte pour une promenade, une occasion pour elles de remonter le fleuve sur un bateau populaire, un bateau de pauvre, un bateau public.

Les deux maris sont assez ridicules à l'aéroport, dans la salle d'embarquement. C'est inévitable. C'est assez laid des embrassades, si tôt le matin, au départ de lignes intérieures. Tout cela est absurde. Je suis absurde de promener deux épouses. Je suis absurde d'accepter tout cela. Je suis absurde mais je m'en moque ce matin, je fuis, je vais ailleurs.

Le vol, c'est juste le temps d'un accrochage de ceinture, d'un jus d'orange, d'un raccrochage de ceinture, juste le temps d'un regard avec une hôtesse en uniforme.

Port Gentil. Je vais enfin voir le fleuve. Je vais voir le fleuve avec mes souvenirs du Gange, de l'Irawadi, du Mékong, de tous les fleuves que j'ai aimés.

A l'arrivée, Madeleine m'attend, mon assistante, mon assistante prévue, mon assistante indigène blanche de Port Gentil. Je ne la remarque pas. J'ai l'impression à l'aéroport que je ne la remarque pas. Elle connaît mon frère. Elle a travaillé pour lui sur un film à Lambaréné. Elle croit que je viens faire un documentaire sur l'Ogooué. Je ne la remarque pas. Elle m'appelle par le prénom de mon frère. Je ne dis rien. Je la regarde monter dans son véhicule d'expatriée à quatre roues motrices. Je ne remarque rien, sauf qu'elle est petite et qu'elle conduit une voiture qui semble trop grande pour elle, trop compliquée, une voiture qui tourne à droite, à gauche, une voiture avec des manettes. J'aime bien comme elle conduit cette automobile qui ne devient plus qu'une machine baroque, un peu absurde et indépendante.

Je me sens mieux à Port Gentil, une ville entre le balnéaire et le colonial, de ce style-là, un style province. Je me sens un peu comme un convalescent après des jours d'enfermement.

Je me laisse promener, je me laisse assister.

Je ne m'aperçois de rien. Peut-être que l'histoire a commencé. Je n'en sais rien. Je regarde sans rien dire cette femme qui conduit comme vole un insecte. Je regarde cette femme qui m'a envoyé des fax à Paris, qui m'a écrit des lettres que j'aurais presque pu écrire, mais je ne m'en suis pas aperçu. Je ne veux pas le savoir. Je ne veux pas imaginer qu'une histoire puisse commencer longtemps à l'avance.

Pour l'instant, je me laisse promener. J'ai l'impression d'être dans un état de somnolence ou presque. J'ai tout oublié, j'ai même oublié ce qu'il m'a été dit de cette femme, qu'elle était différente, toujours perdue dans ses rêveries, ses fuites, qu'elle aimait les sœurs des missions. J'ai tout oublié, je ne veux plus rien savoir. Je me laisse promener. Demain, je vais inventer une histoire, et je ne serai plus tout à fait moi.

Je veux voir l'Azingo...

C'est la première fois que je dis « je veux » depuis longtemps.

Je veux voir l'Azingo à quai. Je veux le voir vide, sans passagers, avant l'embarquement de demain.

Je marche sur le quai avec Madeleine. Elle a failli casser sa voiture en se garant entre deux bittes d'amarrage. J'aime bien qu'elle ne sache pas manœuvrer une automobile mécanique. Les conducteurs m'ennuient souvent.

L'Azingo est là. Je vois l'Azingo. C'est un vieux bac, un peu comme ceux qui traversaient la Gironde entre Royan et Le Verdon. Je le regarde. Il est piqué de rouille. C'est un vieux bac crasseux à la peinture blanche tellement piquée qu'il semble criblé, vérolé par la rouille. Mais c'est un vrai bateau aussi avec un pont supérieur et une passerelle de commandement, et une plage d'embarquement à l'avant, une plage baissée vers la mer. Accostés à côté de lui, il y a des remorqueurs, rouillés aussi, certains à flots, d'autres à moitié coulés, échoués dans le sable.

Sur le quai, il y a un hangar vide et une station de carburants derrière des grilles.

Dans la rade, il y a des derricks, quelques cargos au large, au mouillage, et des billes d'okoumé qui flottent, construisant parfois comme des plages de bois sur la mer. Les billes d'okoumé flottent dans l'eau de mer, dans le sel, dans l'eau du golfe de Guinée.

Il n'y a pas de vrai port, à part ce ponton en dur, en ciment, qu'on appelle le quai, qu'on appelle le wharf.

Le départ est prévu demain à dix heures. C'est marqué sur la guérite du port.

Il faudra faire les courses, dit Madeleine.

Je pourrais les faire aujourd'hui...

Ou demain...

Je l'écoute parler tout haut comme une vraie assistante. Souvent, elle parle seule. Souvent, elle double ses mots, ses phrases.

Les courses sont pour elle un problème, comme la conduite automobile.

Nous les ferons ensemble demain matin... Ce n'est rien, vraiment rien de faire des courses, cela n'a pas d'importance.

De nouveau, je la regarde conduire et elle m'amuse. Je ne me dis pas encore qu'elle m'amuse mais je suis intéressé par son air étonné devant la route droite, un peu étroite, par sa façon de viser sa trajectoire sur cette route en ligne, sans chercher à éviter les trous, les cabosses, même si cela chahute un peu le voyage.

Elle me promène sur une route étrange hors de la ville, une route de ferraille, de carcasses de ferrailles abandonnées sur les bas côtés, de carcasses de voitures, de conteneurs, de remorqueurs coupés en deux. Toutes ces épaves sont couleur rouille, rouille équateur.

Qu'est-ce qu'il y a... après... au bout...

Elle dit : « rien... la mer... »

Elle me dit : « rien », mais je sais que ce n'est pas vrai. Je suis sûr que cette route a de l'importance pour elle. Elle veut me la montrer parce qu'elle est importante pour elle, et pas seulement parce qu'elle est curieuse, originale.

Je sais qu'elle me ment.

Je suis contrarié. Peut-être plus parce que j'ai l'impression que j'ai envie de m'accaparer cet oiseau qui conduit comme une myope.

Je lui dis que j'en ai assez de cette route de ferraille.

Elle fait demi-tour. Elle m'obéit. Elle me satisfait. Elle fait demi-tour comme une vraie assistante. Elle se rend compte que cela m'ennuie, cette promenade de touriste sur la route de ferraille.

Elle s'excuse.

Elle me dit que pour elle aussi, cela suffit...

D'ailleurs, elle ne serait jamais allée jusqu'au bout de la route, je le sais, comme je sais qu'il ne peut pas y avoir de route comme cela, en bitume, en macadam, pour aller à la mer, rien qu'à la mer.

Plus tard, bien plus tard, je saurai qu'il y a son mari au bout de la route, dans un amas de ferrailles, de barges pour derricks, de remorqueurs en service, de morceaux de plates-formes pétrolières, un entrepôt et un quai, et seulement la mer, après, bien plus loin, la mer libre, sans pylônes.

J'ai prévu un déjeuner à la plage...

Pour nous reposer...

Nous reposer de quoi ?

Madeleine s'excuse. Elle s'excuse de nouveau.

Je suis sensible à sa façon de n'avoir aucune confiance en elle.

Nous faisons un déjeuner du dimanche avec elle et mes deux femmes de Libreville sur une plage Sogara, une plage d'entreprise, une plage pétrolière, une plage avec serveurs et buffet. Je déteste les buffets.

Heureusement, il y a un peu de sable blanc, de sable blanc cocotier.

Ici, la mer est moite. Elle est moite comme le ciel. Elle est moite et lourde, comme chargée de lagune.

Je regarde Madeleine avec ses cheveux mouillés de baigneuse. Un instant, j'aperçois son sein nu dans l'eau du golfe de Guinée, un sein nu, libre, échappé de son maillot noir de nageuse.

C'est dérisoire, une femme, un sein, une épaule dans l'eau, dans l'océan des okoumés. C'est vrai, mais pourtant, c'est une émotion, une émotion fugitive.

Tout à coup, je m'ennuie. J'ai l'ennui des mots, de la baignade, de ce déjeuner du dimanche. J'ai l'ennui de songer, de penser à l'Afrique, au Gabon, sur cette plage pétrolifère.

Mes Indiennes me manquent.

Souvent, l'Inde me manque.

Je voudrais être à Kovalam, peut-être, à Kovalam Beach, et regarder les Indiennes entrer dans l'eau avec les vagues sur leur ventre, avec leurs cheveux noirs brillants. J'aime leurs gestes, comme elles prennent l'eau, quelques poignées d'océan pour rafraîchir leurs bras, leurs épaules. Parfois, j'ai eu l'impression de voir le sel briller dans leurs mains. Elles me manquent. Leur indécence, leur sensualité, leur beauté me manquent. J'aime leurs seins collés à l'eau de mer, leurs hanches dessinées par les vagues, leur nudité sous leurs saris trempés de Madras, de Goa, de Trivandrum. J'aime comme elles sont des couleurs nues dans le golfe du Bengale, dans le golfe de Mannar, dans la mer d'Oman..

Mes Indiennes me manquent.

J'ai envie de revoir le sel briller dans leurs mains.

Excusez-moi...

Excusez-moi, je n'ai pas faim...

J'ai un peu soif, mais je n'ai pas faim...

Je ne dis rien. Je n'ai rien à dire.

Je regarde les quelques jeunes femmes échouées sur la plage, des épouses blanches principalement, des épouses nues, inertes, sans couleurs, exposées avec juste leur bas de maillot de bazar, de magasin de nouveautés.

J'ai la nostalgie de l'océan indien, des rags, de l'odeur, du parfum de la coriandre.

Excusez-moi...

Je regarde les derricks et un bateau coréen au mouillage depuis des années, un de ces cargos abandonnés par des armateurs en faillite. J'ai envie d'aller sur cette carcasse, j'ai envie d'apprendre, de rencontrer les marins plantés là, dans le golfe de Guinée, ces hommes devenus des apatrides océaniques.

Madeleine me dit qu'ils font du petit commerce en attendant.

J'aimerais bien savoir, mais je ne suis pas là pour ça. Je suis là pour une autre histoire sur un autre bateau en ferraille.

Madeleine m'échappe. Je n'arrive pas à la voir. Je la regarde et je ne la vois pas. Elle bouge trop, elle est trop mobile. Je n'arrive pas à voir son visage. Je ne sais pas la couleur de ses yeux. Elle se cache comme elle cache son corps en enfilant des chemises les unes sur les autres, en vrac. Elle est tout le temps en mouvement, elle semble fuir tout le temps. Je n'arrive pas à me souvenir d'elle. Il faut la regarder à l'instant, à la vitesse d'un instantané. Elle parle en mouvement aussi, ses phrases sont en mouvement, les unes sur les autres comme ses chemises, elle les lance comme on lance des toupies. Elle semble fuir dans ses phrases. Elle fuit, elle est en fuite constante.

Parfois, je l'écoute. J'ai l'impression d'avoir trop parlé pourtant je n'ai presque rien dit. Je ne sais plus l'ordre des choses. Finalement, je vais prendre des calmants pour me taire encore plus.

Dans la rade, il y a toujours les remorqueurs et les billes d'okoumé.

Ce n'est rien...

Je lui dis : « ce n'est rien ».

Un Africain, au loin, marche dans la mer sur une bille de bois.

Ce n'est rien... Viens...

C'est son rêve. Elle rêve de marcher sur une bille de bois, de marcher sur la mer d'okoumés.

Viens... Ce n'est rien...

Je l'emmène sur le ponton et nous marchons sur les billes de bois, ces billes qui tanguent, qui se choquent parfois les unes aux autres.

Je ne comprends pas pourquoi elle n'a jamais été marcher sur ces billes de bois, elle qui vit là, à l'année, et qui voit tous les jours ces arbres coupés.

Je la regarde. Elle est heureuse comme si elle n'avait plus le vertige. C'est sûrement un peu cela.

Ce n'est rien...

Je suis content qu'elle soit heureuse.

Elle est heureuse comme une enfant. Elle va d'une bille à l'autre, elle passe d'une bille à l'autre. Je la vois comme une mouette, un oiseau de mer. D'ailleurs, elle a une voix de mouette, elle parle un peu comme une mouette.

Elle est comme une mouette rieuse sur les billes de bois.

Je la regarde s'éloigner. Je m'inquiète pour elle. Je lui demande de revenir. C'est la première fois que je lui dis que je ne veux pas qu'elle s'éloigne. Plus tard, je le lui dirai souvent : je n'aime pas que tu sois loin de moi. Pour l'instant, je lui demande seulement de revenir.

Je me dis que je ne suis pas venu pour rien, ici, en Afrique. Je suis au moins venu pour faire marcher une femme sur l'eau, pour voir une mouette rire sur des billes d'okoumé.

Les nuages d'équateur sont bas. Ils semblent traîner sous le ciel gris, gris sombre de pluie, une pluie qui s'en va vers les monts de Crystal, vers les monts du Chaillu, plus loin, à l'est.

L'Azingo attend à quai, rafiot, rafiot d'autrefois, rafiot de factorerie. Les oiseaux de métal ont rendu désertes, inutiles, les premières classes. Ce n'est plus qu'un bateau pour pauvres, pour bananes de marché, pour manioc, pour bières en pinte.

Le vent se lève, un vent solaire du soir, peut-être ?

Je suis invité chez Madeleine, dans sa famille. Il y a là aussi mes deux accompagnatrices de Libreville. Mais je ne m'en soucie pas. Je m'ennuie. Je ne suis pas intéressant. Je ne suis pas sympathique. Ce dîner ne fait pas partie de mon histoire, cette histoire qui doit commencer demain au plus tard et que je n'ai pas encore inventée.

Je m'en vais. J'ai un peu bu, j'ai un peu sommeil. Je suis content de retrouver la chaleur, les moustiques. Il fait toujours moite, moite d'équateur.

Je reste un instant avec le veilleur de nuit, le veilleur du trottoir, le veilleur du motel. Je me sens bien avec lui. Il attend lui aussi, il attend tous les soirs, assis en bord de rue avec sa caisse de paquets de cigarettes à vendre, au hasard. Il attend lui aussi, comme moi. Il attend demain.

C'est ma dernière nuit. Demain, je ne pourrai plus attendre.

Demain, je serai obligé de trouver une histoire. Je suis payé pour ça, pour qu'il m'arrive une histoire demain. C'est insensé. C'est d'une grande violence aussi.

Je suis calme, étonnamment calme ce matin, en préparant mon sac d'embarquement.

Madeleine est nerveuse, pas prête, en retard. Je la regarde s'agiter, se perdre dans le marché des cases en bois. Elle oublie tout, elle revient chez elle, elle repart. Elle est inquiète, comme si elle était inquiète.

Je l'emmène au marché M'Bolo, le marché à caddies, et je l'oblige à prendre d'abord un café en terrasse, un café calme, tranquille. Nous avons le temps. J'ai décidé que nous avions le temps. Je m'étonne d'être aussi calme. Je ne veux pas que ce ravitaillement, ces courses futiles d'embarquement deviennent un ennui.

Cela m'est égal d'oublier quelque chose, totalement égal. Je sais juste que, dans une heure, il faudra que je commence l'histoire, cette histoire maritime et fluviale.

Madeleine s'aperçoit que c'est simple de rester calme à la terrasse d'un café alors que l'on est peut-être en retard.

Le quai a changé. Il y a des couleurs. Il y a des commerçantes sous le hangar.

Il y a des passagers. L'Azingo est là et c'est presque le début de l'histoire.

Il y a aussi sur le quai un tuyau de citerne plat.

Ils attendent le carburant...

Ce n'est pas grave...

Nous laissons nos bagages à un gamin, un gardien occasionnel et nous allons au *Wharf*, un vieux café à quai, un vieux café colonial. Je regarde Madeleine. Elle est sage, toute petite devant moi. Elle semble étonnée d'être sage, sans parler, sans bouger surtout.

Je n'ai jamais écrit une histoire à deux...

Madeleine me dit qu'elle est inutile. Elle dit toujours qu'elle ne sait rien faire.

Elle le dira encore souvent.

Je ne lui réponds pas. Pour l'instant, je ne lui réponds pas. J'attends. J'attends le détail qui fera un début d'histoire.

Elle me parle d'elle, de ses années en France, avant.

Je commence à voir ses mains, ses mains qui vont comme des mouettes, qui font fuir les mots loin d'elle. Elle lance les mots comme on lance du pain aux mouettes, aux oiseaux.

Je ne l'écoute pas.

Madeleine s'en aperçoit et elle se tait. Elle me regarde curieusement. Il est vrai que c'est curieux, un homme qui vient rechercher une histoire devant vous. C'est impudique. Je devrais lui dire que c'est impudique, que c'est une situation impudique.

Je voulais remonter le fleuve avec quelqu'un né dans le fleuve, accouché dans le fleuve...

Peut-être que les femmes de l'Ogooué accouchent dans le fleuve comme les Anamites qui reviennent à la rive avec un enfant du fleuve, comme un enfant trouvé dans le fleuve, un enfant du Mékong ?

Et puis, je lui dis que j'aime mieux quand elle me parle avec sa vraie voix, sa voix grave, sa voix de femme.

Je lui dis que je n'aime pas sa voix haute, criarde, sa voix de mouette.

Je suis très près du début de l'histoire, mais je ne le sais pas encore. Presque toujours, cela commence par une provocation. Certains appellent cela le hasard, le destin ou la chance mais presque toujours, il s'agit d'une provocation.

Il me reste encore quelques minutes à ne pas savoir.

Je regarde Madeleine. Je n'ai pas envie d'elle. Je devrais peut-être le lui dire.

Je ne veux pas d'histoire d'amants...

Je lui dis simplement que je ne veux pas d'histoire d'amants. J'ai dû déjà le lui dire, je ne m'en souviens plus.

C'est vrai, je n'ai pas envie d'une histoire d'amants.

L'histoire d'un homme et d'une femme, simplement, c'est tout. Cela doit être possible.

Madeleine est partie. Elle est partie jusqu'à l'Azingo. Elle est partie aux nouvelles, aux nouvelles du carburant. Je l'ai vue traverser la terrasse, je l'ai vue passer derrière la haie de fleurs et de feuillage. Il n'y a que la rue à traverser pour rejoindre l'appontement, le quai, les docks, le hangar et, enfin, la station des carburants.

Madeleine est partie et je regarde ce café à quai, ce café colonial avec ses ventilateurs, ses bois sombres, ses nappes blanches et ses photographies anciennes au mur, des pélicans, des éléphants, des cases, des Schweitzer. C'est la région, ici, des Schweitzer.

Je suis seul dans ce café. C'est l'avantage des pays sous-peuplés, on est souvent seul dans les cafés, sur les quais.

La serveuse passe sur le damier du carrelage avec nonchalance, à l'allure de moiteur, d'équateur, elle glisse sur les losanges noirs et blancs.

Il y a même une estrade, une mezzanine dans ce café restaurant avec un escalier en mosaïque, en cailloux de couleurs, un escalier de café mauresque. Je pense à un escalier de café mauresque.

Il n'y a rien à faire, je suis sensible à la nostalgie, à l'exotisme, à ce café de brocante, ce café à relent colonial. Je ne suis devenu rien d'autre qu'un Blanc équateur. C'est terrible la nostalgie, l'esthétisme de la nostalgie.

La serveuse passe dans la salle pour rien, comme s'il y avait des clients. Elle passe avec sa jupe noire plissée de serveuse. C'est bien.

Madeleine est revenue. Elle m'annonce un retard de plusieurs heures pour l'appareillage. Cela m'est égal. Cela n'a aucune importance, comme si j'avais décidé que c'était l'Azingo qui m'attendait.

Elle me rappelle aussi l'existence de mes accompagnatrices de Libreville. Elles sont sur le bateau, elles attendent comme des passagères sérieuses. Je les avais oubliées. J'oublie tout maintenant. Et je n'ai plus envie de parler.

Je regarde Madeleine en face de moi. Je la regarde sans lui en demander la moindre permission. Je n'ai plus le temps de lui demander la moindre permission.

Nous devrions peut-être aller prendre les billets....

C'est juste en face...

Il suffit de traverser la rue...

J'ai un instant d'hésitation, d'inquiétude aussi, un instant où je n'ai plus envie de commencer cette histoire, parce que je sais bien que c'est cela le début de cette histoire, aller prendre les billets.

Il se passe un moment, puis je lui dis : « Allons. »

Allons... à l'africaine, malgré moi.

Allons...

Nous traversons la rue du quai, la route du bord de mer, la rue d'un port de mer en rade, d'un port de mer de golfe, du golfe de Guinée.

La guérite est juste en face, une sorte de guérite foraine en bois, une sorte de bureau du port. A l'intérieur, il y a une grille en fer au milieu avec des losanges comme pour faire une file d'attente, une file d'attente illusoire. Et il y a deux guichets avec aussi des losanges en fer qui encadrent les visages. Et il y a Madeleine sur la pointe de ses pieds. Son visage est dans le losange, encadré.

Elle demande deux billets. Il n'y a rien d'autre à dire, il n'y a qu'une destination pour les Blancs, Lambaréné, le pont, l'hôpital Schweitzer.

L'employé est un vrai préposé de la Compagnie de navigation intérieure. Il sort un vieux carnet à souches, un vieux carnet jauni, un carnet de première classe.

Compagnie de navigation intérieure. Billet de première classe numéro 015 139.

Sans réfléchir, je donne mon portefeuille à Madeleine, c'est son travail d'assistante, de prendre les billets, les tickets, le reçu, le justificatif.

L'employé écrit à l'ancienne avec des pleins et des déliés. Il prend son temps, il s'applique. C'est un billet de première classe. Il y a des années qu'il n'a pas rempli un billet de première classe, d'une première classe qui n'existe plus.

Puis il nous regarde, il regarde cette femme de première classe, ces voyageurs de première classe.

Votre nom, s'il vous plaît...

Madeleine lui donne le mien.

Elle oublie le sien.

L'employé écrit mon nom sur le billet en lettres capitales, puis il regarde à nouveau le visage de cette passagère dans le losange en fer. Elle doit ressembler à un masque africain dans ce losange, à un masque blanc, au kaolin.

Et Madame...

Peut-être le dit-elle pour simplifier ? Mais qu'importe, je sais maintenant le début de l'histoire.

Je regarde cette femme qui prend des billets d'une première classe qui n'existe plus, cette femme qui vient de prendre mon nom pour l'espace d'un voyage.

C'est fait, mon histoire a commencé. Elle vient de commencer dans une guérite. Je viens de me marier dans une guérite de port sur l'île Mandji. Une femme vient de m'épouser pour simplifier des écritures.

C'est bien, les méprises.

C'est vraiment bien, une histoire qui commence par une méprise.

Nous allons vers l'Azingo. Nous allons embarquer sur l'Azingo.

Maintenant, je n'ai plus beaucoup de temps. Ce n'est pas un long voyage, deux jours et une nuit, deux nuits peut-être. Ce n'est pas très long pour continuer une histoire. Je regarde Madeleine qui va sur le quai, sur le wharf, insouciante apparemment, et j'ai une dernière fois l'envie de fuir, de quitter l'île Mandji, d'arrêter tout, là, sur le quai.

Mais je continue à aller vers l'Azingo, à regarder Madeleine sous le hangar avec les commerçantes, les commerçantes en couleurs. Elle me dit que les plus colorées, ce sont les Béninoises. Ils utilisent beaucoup les Béninoises au Gabon, la main-d'œuvre étrangère. Je la vois acheter deux nattes, deux nattes pour dormir sur le bateau.

Elle n'est pas loin de moi. Je sais que je ne lui permettrais plus d'être loin de moi pendant un certain temps, au moins jusqu'à Lambaréné.

Nous sommes tout près de l'Azingo. Elle marche avec ses deux nattes sous le bras, avec ses cheveux mis à l'ancienne sur le dessus, comme dans une vieille revue de mode anglaise.

J'ai l'impression que je ressens un peu de tendresse pour elle. La tendresse, c'est peut-être l'amitié entre un homme et une femme ?

Nous venons d'être mariés...

J'ajoute aussi que c'est bien.

Elle ne me répond pas. Elle ne dit rien. Cette fois-ci, elle ne s'excuse pas, elle cache ses mains, c'est tout. Quand elle ne veut pas parler, elle cache ses mains. Elle me regarde quand même, mais rapidement, un regard vite, juste pour me dire qu'elle ne veut pas m'entendre.

J'aime bien les méprises... Cela m'est arrivé plusieurs fois dans ma vie, de vraies méprises...

J'aurais pu les lui raconter, mais cela ne l'intéresse pas, elle ne veut pas m'écouter pour l'instant. Elle va, elle grappille des images, elle regarde le marché de l'embarcadère, les commerçantes de l'embarcadère. Elle regarde les femmes africaines comme des couleurs, comme des fleurs, comme si elles étaient des fleurs. Elle est attirée par ces femmes, elle les approche et leur parle presque à même leurs bouches, tout près de leur peau.

Je l'attends. J'attends qu'elle revienne près de moi.

Maintenant, nous sommes là devant l'Azingo, et il y a l'odeur de la rouille qui vient comme racler le quai. Accoudée à un bastingage, une jeune Noire somnole, une adolescente, la tête posée sur son coude. Elle est belle dans la découpe de ferraille du pont supérieur, elle est belle comme une photographie d'album, de ces anciennes photographies où les poses étaient immobiles. Pour monter sur le bateau, il y a encore une haie de petites vendeuses de quai, accroupies, de petites vendeuses occasionnelles qui ne vendent rien, presque rien.

Et comme toujours, j'ai de l'émotion, j'ai toujours de l'émotion au moment d'embarquer. J'aime embarquer, j'aime ce pas qui vous fait quitter la terre, le quai, qui vous met au loin, en fuite. J'aime ce pas de la largeur d'un pneu de camion, de poids lourd, avec en dessous les reflets bleu mazout et dorés de la mer à quai.

Des familles sont là, sur le bateau, certaines depuis la veille, avec leurs nattes, leurs casseroles, leurs nécessaires. Elles n'attendent pas. Ici, personne n'attend. Elles ne patientent même pas. Elles continuent leurs vies, c'est tout.

Je retrouve les deux promeneuses de Libreville, ces deux femmes que j'avais oubliées. Elles s'inquiètent du départ, de l'heure du départ. Comment peuvent-elles encore se préoccuper de l'horaire après cinq heures d'attente ? Je laisse Madeleine leur expliquer toutes ces choses qui ne sont que du bavardage.

Je vais sur la passerelle et je la regarde parler par la vitre du salon de première. Je la regarde et j'ai un instant de doute. Et si elle s'inventait une histoire, elle aussi ? Et si c'était elle qui inventait l'histoire ?

Je la regarde derrière la vitre sans l'entendre, et j'ai un instant de trouble, un instant violent. Et puis j'oublie ou je veux oublier, je ne sais. Je ne remarque même pas que je n'ai eu aucune surprise en découvrant le salon de première. Pourtant il est exactement comme elle me l'a décrit dans ses lettres, avec des banquettes rouges, éventrées, lacérées, sales, avec un climatiseur rouillé, foutu. Je ne me rends même pas compte que j'ai oublié tout ce qu'elle m'a écrit : « Il y a un espace première qui présente sans doute le seul avantage d'avoir un coin tranquille pour entreposer les bagages ou s'abriter en cas de pluies violentes. Autrement, il vaut mieux se mettre sur le toit.»

J'ai tout oublié, et tout à l'heure, cette nuit, sur le fleuve, j'imaginerai que je l'emmène sur le toit. C'est évident, une évidence ou une certitude, l'une ou l'autre.

Il y a du bruit. Tout le monde est débarqué sur le quai. Le préposé a mis une casquette de contrôleur, de contrôleur de chemin de fer helvétique, d'Orient Express, de Simplon, d'Ogooué Palace. Nos deux visiteuses sont restées dans le salon de première comme si elles n'étaient pas concernées. Madeleine rit. Nous les avons oubliées tout à l'heure, nous avons oublié de prendre leurs billets.

C'est assez beau, le bateau vide, l'Azingo, avec juste les nattes au sol, les effets, les ustensiles.

Madeleine est enchantée d'avoir oublié les deux voyageuses. Ce n'est pas par hasard, et cela l'amuse. Nous devons parlementer avec le préposé. Heureusement, nous avons la monnaie, la monnaie un peu plus, ce n'est pas grave. Ce qui ennuie le préposé, c'est de marquer sur nos billets pour nos deux voyageuses : suppléments pour bagages. Ce n'est pas grave non plus. Finalement, il accepte cette formule irrespectueuse, au dernier moment, quand l'Azingo commence son appareillage.

Les amarres sont larguées, le vieux bac se déhale du quai. Nous quittons l'île Mandji.

Les mouettes sont restées sur le ponton. Il n'y a plus de femmes couleurs sous le hangar. J'aurais voulu que quelques mouettes nous suivent pour ces quelques heures de navigation en mer jusqu'à l'embouchure du fleuve, jusqu'à l'Ogooué.

J'entends Madeleine dire d'une voix gaie, d'une voix presque de jeune fille, d'écolière : « On est partis. »

Maintenant, on ne peut plus la voir de l'île Mandji. Elle est cachée, toute petite, loin de la côte, libre.

Je devrais la laisser partir ainsi, gaie, insouciante. Je devrais la laisser remonter le fleuve avec sa voix de jeune fille. Mais je n'ai pas envie qu'elle devienne une passagère ordinaire. Je n'ai pas beaucoup de temps. C'est trop tard maintenant, à cause d'un hasard, d'un préposé, d'une guérite de port.

J'écoute le bruit du moteur, du moteur unique, l'autre est en panne, en attente de réparation pour toujours.

Viens... allons...

Plusieurs fois, elle me dit : viens... allons..., à l'africaine. Sur l'Azingo, elle ne parle plus qu'à l'africaine, avec des mots doubles, des mots doublés.

Je la laisse aller seule.

Pour l'instant, je préfère les regarder de loin, je ne veux pas les déranger. Plus tard, je les verrai de près, ces femmes, ces jeunes filles qui tressent leurs cheveux, ces enfants qui restent près de leurs mères, qui ne s'éloignent pas.

Il fait encore jour et pourtant la plupart des passagers dorment ou somnolent sous leurs pagnes. Quelques hommes regardent la mer ou le ciel, immobiles. Mais peut-être qu'ils ne regardent rien ?

Pour l'instant, je préfère rester sur le pont du salon de première, ce salon rouge de quelques mètres carrés juste derrière la passerelle de commandement.

J'ai laissé Madeleine aller seule, elle n'est pas vraiment étrangère comme moi.

Parfois, je l'aperçois sur le pont inférieur. Elle ne parle qu'aux femmes, aux mamans. Je remarque qu'elle est attirée par les tout petits, les enfants de quelques jours, de quelques semaines, ces enfants qui sentent encore la peau. Je ne sais pourquoi mais c'est assez émouvant comme elle leur parle tout près de leurs bouches, comme à l'abri du vent.

Madeleine...

Elle est heureuse, elle est partie, elle a quitté l'île Mandji, son île, elle a tout oublié.

Il ne faut pas que je la laisse se promener.

Madeleine...

Nous sommes là pour faire une histoire...

Mais je ne sais pas...

Qu'est-ce que je dois faire...

Ecrire... tout, les heures, le soleil, les noms, les lieux...

C'est vrai... tu veux que je note...

Non... je disais cela pour rien...

Je la regarde devant moi avec ses yeux qui prennent le vent, qui évitent le vent, qui m'évitent, moi aussi...

Je ne veux pas que tu t'éloignes...

Je ne veux pas que tu sois trop loin de moi...

C'est vraiment une mer de rade, une mer en fin de marée avec du clapot. Nous nous éloignons de l'île Mandji au ralenti, sur un seul moteur, un moteur à haut régime qui peine à traîner cette carcasse de ferraille sur la mer des bancs de sable. Nous nous éloignons des derricks, des plates-formes en mer, des constructions métalliques.

Une jeune fille vient s'accouder à la rambarde, juste devant les vitres du salon de première.

Madeleine...

Maintenant, il faut que je commence à parler à voix haute, même tout seul. Il faut que je parle devant elle pour l'emmener dans l'histoire.

Nous sommes au début du voyage et pourtant, je m'aperçois que je suis déjà influencé par la parole africaine de l'équateur, répétitive, sans cesse répétitive.

Madeleine...

La jeune fille est toujours appuyée sur la rambarde, sa tête posée sur ses bras. Ses cheveux sont tressés en arc de cercle sur sa tête, comme de grands anneaux, et il y a du ciel et de la mer dans ses cheveux.

Elle est belle avec le vent qui fait claquer son pagne sur ses fesses de jeune fille...

Je voudrais que Madeleine la regarde aussi.

Madeleine...

J'écoute le bruit du moteur et pour l'instant, je ne sais presque rien. Je ne sais pas si nous vivons une histoire double ou seulement une histoire à deux.

Non, Madeleine, cela n'a aucun intérêt... ce n'est qu'une pirogue à moteur, une longue pirogue maritime qui fait du trafic, une pirogue pour touristes... ce n'est rien...

Je ne veux pas que tu regardes n'importe où...

Je ne veux pas que tu regardes n'importe comment...

Je ne veux pas non plus qu'elle regarde seule.

Il faut faire attention...

Madeleine...

Il faut que je lui parle pour l'emmener avec moi. Il faut que je l'emmène avec moi, dans une autre histoire.

Je passe mon temps à regarder les passagers de l'Azingo. Je les regarde quand ils ne s'aperçoivent pas de moi. J'aime leur beauté, leurs gestes, leur nonchalance. J'aime aussi leur façon de marcher sans marquer le présent, cet instant qu'ils laissent filer comme le vent à la traîne de l'Azingo, sans le contrarier. C'est comme ils disent : demain... tu reviens demain... et c'est un temps indéfini. Demain, c'est comme le temps jusqu'à jamais.

Madeleine, dis-moi quelque chose...

Je ne sais pas...

Tu m'emmèneras tout à l'heure sur le pont inférieur...

Si tu veux...

Je voudrais une raison pour y aller... Je ne veux pas avoir l'air de venir les regarder...

J'aimerais marcher comme ils passent devant nous, sans nous imaginer....

Il y a un peu d'agitation. L'Azingo vient de racler le sable. La manœuvre avant arrière ne sert à rien qu'à le faire riper sur son fond plat et s'enfoncer plus encore dans la dune sous-marine. La mer brassée devient ocre, ocre de sable brassé à l'hélice, ocre, puis sable gris, gris noir, gris sable de profondeur.

Une fois, ils sont restés quatre jours échoués...

Le commandant vient nous voir. Il vient juste nous informer, nous dire que nous attendons la marée. Il vient nous informer puis il retourne dans sa cabine personnelle, sa cabine de commandant. Il va peut-être faire l'amour avec sa jeune femme de l'Ogooué, sa jeune épouse de commandant, Madame N'Guié, Madame Jacques N'Guié. A ce moment du voyage, je ne savais pas encore que sa jeune femme l'attendait dans sa cabine sans presque jamais sortir. J'aurais pu l'imaginer peut-être ?

Je ne sais pas combien de temps nous restons échoués. Cela n'a pas d'importance. Je ne regarde pas ma montre. Il n'y a pas d'horaire sur l'Azingo. Aucun passager n'a de montre sur l'Azingo. Le temps est libre.

Les nuages traînent leur moiteur, lourds comme des bancs de sable gris. Le ciel est comme la mer, il traîne des nuages comme des bancs de sable.

Tu vois, Madeleine, il n'y a plus de rouille sur un bateau au large... C'est à quai que les bateaux sont rouillés, seulement à quai...

Pour l'instant, nous restons sur la passerelle avant, en attendant le crépuscule, le soir d'équateur, le soir rapide, la nuit presque immédiate.

Madeleine dit qu'il faut boire, saluer l'appareillage comme dans les vieilles traditions de la marine. Je n'ai pas soif, mais je bois quand même un peu de vin de France importé. Dans quelques années, ce sera sûrement du vin d'Afrique du Sud. Doucement, le Gabon se tourne vers l'Afrique du Sud. C'est peut-être logique. Cela m'ennuie de ressembler à un Européen apéritif sur la passerelle.

Je préfère aller sur le pont, toucher la ferraille. Je connais cette ferraille, cette rouille. J'ai déjà regardé la mer de cette hauteur. Je connais la mer vue de cette hauteur. Je l'ai déjà vue pendant des heures, de longues heures de navigation. J'ai déjà navigué sur ce bateau, le même, presque le même, un bateau qui faisait les îles aussi, et qui avait peut-être été armé à Dieppe, comme l'Azingo. Je pourrais me promener sur ce bateau les yeux fermés et pourtant je ne l'ai pas reconnu à quai. Je ne sais pas pourquoi ? J'ai juste su qu'il m'attendait.

Madeleine...

Cela ne veut rien dire pour elle, mes souvenirs d'enfance, de mousse sur un bateau de passager, un bateau probablement du même plan d'architecte.

Lorsqu'elle revient, elle est confuse. C'est bien qu'elle soit confuse, qu'elle pense que je l'ai appelée.

Tu as lu Primo Lévi... *Si c'est un homme...*

Non...

Il faut que tu lises ce livre... Il faut que nos enfants aussi lisent ce livre...

Elle ne sait pas pourquoi je pense aux camps d'extermination dans ce golfe de Guinée, tout près de l'Ogooué. Ce serait trop long de le lui expliquer. Et puis, c'est sans raison, un silence, une lumière, une impression de métal.

Elle ne me demande pas si je suis juif. D'ailleurs personne ne me demande jamais si je suis juif quand je parle des camps. Peut-être que la plupart l'ont supposé. C'est étrange, je suis toujours obligé de parler des camps à un moment, même sur l'Ogooué, même sous l'équateur. J'ai peur quand je parle des camps, j'ai peur de la violence. Un jour, je m'expliquerai cette peur. Demain, demain, comme ils disent ici... un jour, j'essaierai que ce soit demain.

L'Azingo vient de déraper à la marée montante. Le bruit du moteur avant toute fait vibrer les tôles. Nous venons de repartir.

Dans le salon, l'épouse noire de Libreville dort. Depuis le début, elle dort, elle ne regarde rien, elle ne voit rien. L'autre épouse a pris un livre de croisière qu'elle ne lira pas, qu'elle ne lira jamais. Parfois, je remarque ces deux femmes un instant, mais le plus souvent je les oublie.

Madeleine... Je ne veux pas qu'elle fasse un voyage d'agrément. Je veux qu'elle regarde avec moi la mer, le voyage, cette navigation au ralenti sur un seul moteur.

C'est elle qui vient près de moi. C'est la première fois qu'elle vient d'elle-même près de moi.

Il y a du rose, comme une traînée de rose derrière les nuages gris, une traînée de rose qui annonce la nuit.

Elle est peut-être venue là, près de moi, parce qu'il y a un sémaphore blanc sur tribord, parce que nous entrons dans l'Ogooué, parce que c'est peut-être le début réellement de notre voyage.

Madeleine... Je voulais te dire...

Il ne faut pas dormir pour voir...

En passant devant le sémaphore, je suis certain qu'il ne faut plus que nous dormions, jusqu'à Lambaréné.

Nous avons déjà presque fini avec la mer...

Nous rentrons déjà l'Ogooué...

Je retrouve le rythme particulier des discussions de passerelle, cette façon de dire sans que les mots ne viennent dans les mains, cette façon de dire immobile avec de longs silences. Je retrouve ces phrases dites devant soi en regardant la mer, le fleuve, la route. Cela fait seize ans qu'il est pilote de l'Ogooué. Lui, il est de la lagune, du Fernan Waz, d'Omboué.

Il me dit qu'il aime le lac Alombié. C'est ce qu'il y a de plus beau.

Oui... oui... on le voit... bien sûr, on le voit...

Lui aussi, il parle en mots doubles comme Madeleine, comme tous ceux de l'Ogooué, du Fernan Waz, de Mandji.

Alombié... le lac Alombié... c'est très beau... il y a des montagnes... on se croirait en Espagne...

Oui... oui... on le voit de l'Ogooué... on le voit de l'Azingo...

Il fera nuit, et je ne verrai pas le lac Alombié, je ne verrai pas de montagnes, je ne verrai pas l'Espagne.

Je lui dis que j'ai été marin, que j'ai été embarqué sur un bateau comme le leur. Je ne peux pas m'en empêcher. C'est vrai, presque. Je lui laisse croire des choses fausses. Ce n'était qu'un moment dans ma jeunesse. Je ne sais pas naviguer. Je devrais lui dire que je ne sais pas naviguer comme lui.

Il aurait préféré la mer. Une fois, il a fait route jusqu'à l'Espagne, jusqu'aux montagnes d'Espagne qui ressemblent à celles du lac Alembié.

Puis il se tait.

Et je ne dis rien.

Pourtant, c'est bien plus difficile d'être pilote de fleuve, de remonter un fleuve, un fleuve qui traîne des bancs de sable.

Je ne le dis pas. Pourquoi ?

Je suis content que vous soyez là...

Cela change...

Pour lui, ce n'est pas le même voyage aujourd'hui. C'est un voyage différent, une curiosité, un voyage avec des passagers de première classe. C'est presque un voyage comme avant, quand l'Azingo était encore blanc comme les oiseaux, comme les aigrettes d'ici, quand il n'était pas encore piqué comme par une pluie de rouille.

L'Ogooué...

Il est toujours différent... ce n'est jamais le même...

Il ne me parle que de la saison sèche, des bancs de sable qui brillent les nuits de lune pleine.

On ne navigue pas la nuit en saison sèche, on s'arrête sur un banc de sable...

Sauf quand les nuits sont claires...

Je suis certain qu'en saison sèche, il parle de ses navigations en saisons des pluies, quand le fleuve prend la forêt, quand on traverse la nuit.

Il aime Lambaréné aussi... bien sûr, oui... il aime Lambaréné, le lac Alembié...

Mais ce qu'il aime le mieux, ce qu'il préfère le mieux, ce sont les jours de vacances scolaires, de fin d'année, quand l'Azingo est rempli d'écoliers qui remontent dans leurs villages. C'est le voyage qu'il préfère, celui de la fin des classes, quand l'Azingo fait du bruit, un incroyable bruit de récréation.

Il me dit qu'il est de quart jusqu'à minuit, jusqu'à minuit presque...

Je reviendrai vous voir...

Nous boirons une bière...

Une Regab...

Une bière Regab... une Pils...

Madeleine... Je voudrais aller sur le pont inférieur avant la nuit...

Emmène-moi... je ne veux pas visiter seul le bateau...

Il me faut Madeleine, l'Africaine, l'Africaine blanche, pour les approcher sans les gêner. J'ai besoin d'elle qui aime les femmes de l'Ogooué. Elle est comme un oiseau blanc au milieu d'elles, un oiseau qui volète de l'une à l'autre.

Elle parle, elle sait parler aux femmes de l'Ogooué. Elles se saluent en se prenant les bras aux coudes, en se prenant leurs bras nus dans leurs mains.

J'aime ce geste double. Tout est double, ici, le salut des mains, le vocabulaire, les réponses, tout est double comme les oiseaux qui volent sur le fleuve, comme les arbres qui vont sous l'eau.

Madeleine, je raconterai cela, que le fleuve est double, que tout est double ici. Je raconterai les mythes et les croyances de la gemellité. Ils tuaient les jumeaux ici, dans le temps.

Il y a des banquettes, des bancs de bois sur le pont inférieur. Cela donne presque à l'Azingo un air de bateau de promenade.

Je reste debout, à l'écart de ces familles itinérantes, de ces familles des villages de l'Ogooué, calmes, si calmes. Je ne dis rien, comme les Africains. Les hommes ne parlent pas ou très peu. Ils ne participent pas aux discussions des femmes. Elles, elles parlent à peine aussi, elles ne parlent pas dans la mixité, juste un peu, en ce moment, à cause de Madeleine.

Ton mari...

Une femme myéné a demandé à Madeleine si j'étais son mari. Je ne sais pas ce qu'elle a répondu, mais je crois qu'elle a dit oui.

Il y a un marchand de boissons sur le pont inférieur. C'est un nain, un nain bossu. Il vend des Fantas, des bières qui marinent dans l'eau fraîche d'un vieux réfrigérateur rectangulaire hors d'usage qui ne lui sert plus que comme récipient pour pain de glace. Je lui achète une bière d'une pinte. Il semble content d'avoir un client du pont supérieur. Il ne monte jamais sur le pont supérieur. Il n'est jamais monté sur le pont supérieur.

Une Camerounaise fait la vendeuse de cigarettes assise sur une caisse, elle se remarque, elle est immense comme une sculpture de pierre noire. Elle est seule, la seule Camerounaise sur le pont inférieur. Elle ne regarde personne. Son visage est fermé comme si elle avait oublié depuis longtemps son dernier sourire. Mais sur l'Azingo, personne ne sourit n'importe quand, personne ne sourit souvent. On ne sourit pas souvent sous l'équateur, rarement, peut-être parce que le ciel est trop moite, trop près de la peau. Souvent, le ciel est lourd sur la peau sous l'équateur.

Madeleine, elle, est souriante. Elle est souriante avec les femmes, et les femmes lui sourient lorsqu'elle les approche, lorsqu'elle les touche comme si elles étaient des fleurs, comme elle touche les fleurs. Elle ressemble à ces femmes du fleuve, féminines, mais sans sensualité, sans sensualité apparente. C'est curieux, Madeleine ne parle qu'aux femmes qui ont à peu près son âge ou plus. Elle semble éviter les jeunes, les trop jeunes pour elle.

Je l'attends dans la travée centrale en buvant ma bière achetée à Nino. Je viens d'apprendre son nom. J'aime bien son bar fluvial, son bar de l'Azingo avec juste une étagère avec des bouteilles rangées en présentation, des bouteilles à hauteur de fête foraine, de stand de tir.

Madeleine... viens...

L'Azingo navigue avec sa plage avant, sa plage d'embarquement baissée. Nous sommes à quelques centimètres au-dessus de l'eau qui file sous le métal. Il n'y a pas d'étrave, elle est loin, derrière. Nous sommes comme suspendus, juste au-dessus du fleuve, du fleuve qui glisse sous nos pieds.

Il paraît que ce fleuve est magique. Ils le disent ici. Mais partout, partout, les fleuves sont magiques.

J'ai l'impression que je pourrais rester des heures à regarder l'eau filer sous mes semelles, l'eau de l'Ogooué.

Elle est petite, Madeleine, elle est toute petite à côté de moi. Cela m'amuse comme elle est, avec sa coiffure à l'anglaise, ses chemises superposées, et ses sandales en cuir d'une vieille collection d'été.

Madeleine, je suis content que tu sois là...

Je suis bien avec toi...

Je veux raconter que le fleuve est double... Regarde, les oiseaux volent en double dans le fleuve... les arbres sont doubles dans le fleuve, le ciel est double...

L'Azingo glisse sur les nuages, sur les nuages du fleuve.

Tu te caches, Madeleine, tu te caches tout le temps... Arrête...

Viens... reste juste à côté de moi...

Je sens qu'elle a un peu peur juste à côté de moi, au bout du plateau en fer. C'est comme pour les billes de bois.

Viens... allons encore un peu plus près...

Nous sommes à la limite, un rien de plus et nous pourrions tomber, passer sous l'Azingo. Je ferme les yeux un moment, le temps de prendre un risque inutile et de m'apercevoir qu'il n'y a pas de vent, qu'il n'y a que le vent du moteur, le vent de l'Azingo.

C'est dommage, ce n'est pas la pleine lune...

Madeleine, je ne veux pas de la pleine lune, je ne veux pas d'une belle lumière, je veux la nuit noire, une vraie nuit d'équateur...

Je ne veux pas que tu dormes cette nuit...

Madeleine me regarde un moment, sans rien dire, doucement.

Un instant, j'ai l'impression que nous sommes mari et femme à l'avant de l'Azingo, que nous nous connaissons depuis longtemps.

Je ne veux pas qu'elle dorme à cause d'un fleuve, d'un fleuve de forêt avec des arbres trempés, pris à l'eau, aux pluies. L'Ogooué, nous sommes maintenant vraiment dans l'Ogooué, ce fleuve sans rives, sans pontons, sans débarcadères, ce fleuve qui va dans un océan d'arbres.

Ce n'est qu'une histoire...

Elle a mis ses lunettes. Elle fait sérieuse, assise sur la banquette rouge.

C'est de la moleskine...

La table, c'est de la mélamine...

Elle aime bien me donner quelques précisions.

Ce n'est qu'une histoire, une histoire, presque...

Le salon est exigu, je peux à peine faire trois pas pour dicter, pour lui dicter quelques notes. Je parle, il faut que je parle à haute voix et qu'elle écrive pour que ce soit une histoire. Il faut que tout soit marqué avant la nuit, avant le risque de la nuit.

Je lui raconte le wharf. Je reprends au début, le wharf, le vieux café terrasse colonial des années trente avec les vieilles photographies encadrées de Schweitzer, le paravent en cannage sur l'estrade, et puis l'embarquement, le contrôle de l'embarquement, les quais, les billets signés, contresignés par Joseph, me précise Madeleine. Je lui raconte tout ce qu'elle a vu ou presque, tout ce qu'elle connaît.

Je peux écrire des mots à moi...

Oui...

Je la laisse écrire. Je regarde l'Ogooué avec son eau qui vient du ciel, qui vient du Congo. Je ne lirai pas les mots qu'elle écrit. Je ne les lirai que plus tard, beaucoup plus tard, à l'étranger, même pas ici, au Gabon.

Puis je lui parle du couple de la guérite, je continue à lui parler avec l'ombre des arbres pris dans l'eau, pris dans la nuit, avec la cloison blanc sale qui est devenue presque noire, noire de moustiques attirés par le néon du plafond de cabine.

Je lui parle de ce couple et c'est la nuit. Nous sommes au présent. Il fait nuit sur l'Ogooué. Il n'y a pas de mensonges entre eux, puisque la méprise, ce mensonge initial est suffisant. Il fait nuit sur l'Ogooué et peut-être que leur histoire, ce n'est que la frustration.

J'ai fini, je ne savais pas que je voulais parler de la frustration, je ne l'avais pas prévu, mais c'est bien, c'est peut-être vrai. De toutes façons, cela ressemble à un semblant d'histoire.

Elle me rejoint sur le pont. L'Azingo navigue près des arbres sur le fleuve de nuit.

Elle ne m'en veut pas. Elle vient près de moi avec ses cheveux pris dans une pince, mis en chignon à l'anglaise. Sa peau a peut-être une odeur de thé ?

L'histoire n'a plus besoin de s'inventer, elle est là, maintenant, à l'instant, au présent.

C'est la nuit. Nous sommes vraiment dans l'Ogooué, dans le vrai fleuve, là où les marées ne reviennent plus, ne remontent jamais. Avec ses feux de route, l'Azingo est devenu un palace, un vrai paquebot qui traverse la forêt. Il y a la moiteur équatoriale. Nos vêtements sentent la pluie, le fleuve et la rouille.

Madeleine, il ne faut pas que tu dormes cette nuit...

Je ne dormirai pas, si tu veux...

Viens, il faut continuer l'histoire...

Maintenant, souvent, je lui dis, viens, pour aller nulle part.

Peut-être que je suis venu chercher ici, sur l'Ogooué, une permission, celle seulement de regarder, en étant libre, libre de voir un vieux bac naviguer dans un océan d'arbres, et d'entendre même les bancs de sable à la traîne crisser sous la ferraille.

Je voudrais savoir les mots cachés, les mots que tu caches...

Et ceux qui sont dits...

Ils changent de couleur quand ils passent la bouche, presque toujours...

Les voyageurs sont couchés dans leurs pagnes comme dans des linceuls. C'est beau, ces corps qui n'ont plus de visages. J'aime comme ils dorment cachés de nous, des moustiques.

Arrête de dire que tu n'es rien...

Arrête de le dire quand je suis là... cela m'ennuie...

Viens, je veux aller en bas, Madeleine...

Je veux aller acheter une bière en bas...

Je n'ai pas soif. Ce n'est qu'une excuse. J'ai envie de les voir, de les regarder dormir sous les néons blancs des lumières de veille, des lumières de nuit de l'Azingo.

Cela me fait penser à un garage, en bas, un garage baroque, avec la lumière blanche qui brille sur le fer humide, mouillé, trempé, ou à une salle des fêtes éteinte avec le bar, au fond, l'étagère à bouteilles.

Nino dort sous son étagère entre quatre planches, dans un cercueil, comme dans un cercueil. Ce n'est même pas un lit de fortune, il dort dans une caisse. Il ressemble à une image, il dort comme une image. C'est la première fois que je vois dormir un nain noir et bossu dans une caisse.

Dors, Nino... je te paierai demain...

Je lui touche doucement l'épaule. Je ne veux pas l'inquiéter avec le bruit du couvercle de son congélateur hors d'usage. Je vois s'ouvrir son œil trop grand pour lui. Il doit me voir blanc comme le néon.

Je te paierai demain...

Je ne bois qu'une gorgée de cette bière d'équateur. Elle a un goût de nuit avec un peu d'amertume.

Le temps a ralenti. Lui aussi, il est en veille, comme les lumières, les feux de position de l'Azingo.

Ils dorment tous. Ils dorment sous leurs pagnes, comme des morts, dans cette grande salle commune en fer. Je les regarde dormir. J'ai de la tendresse. Je ne sais pas si c'est cela, mais j'ai l'impression d'avoir de la tendresse pour ces hommes et ces femmes cachés sous leurs tissus comme des momies. Je ne sais pas ce que c'est exactement, la tendresse, ce mot que l'on associe presque toujours au manque, à la déception.

Tu ne dis rien...

Non...

J'avais oublié Madeleine.

Elle a raison, souvent je ne dis rien, je ne sais pas expliquer ce que j'essaye de comprendre.

Je te dirai, plus tard, je te dirai...

Quoi...

Rien... rien d'important...

J'ai peut-être de la tendresse aussi pour elle. Je ne sais pas, pour elle, ou pour cette femme qui remonte l'Ogooué avec moi, par hasard, pour le temps d'une histoire, je ne sais pas.

Attention, patron...

Je n'aurais pas dû allumer une cigarette. je n'ai pas pensé que je pouvais l'éblouir avec juste la lumière de mon briquet.

Excusez-moi...

Il est là, sur son tabouret haut, tenant sa barre, penché en avant comme pour gagner quelques centimètres de visibilité sur la nuit. Ses yeux sont plissés, ce soir, comme ceux d'un Asiatique, pour deviner la route de nuit. J'entends presque sa respiration, une respiration de veille, presque arrêtée. On dirait aussi qu'il navigue avec sa peau. La nuit est noire, profondément noire. On n'y voit rien, presque rien. Je sais qu'il remonte le fleuve de mémoire autant qu'à vue. Il cherche, il cherche le courant du fleuve, il le cherche au bruit de l'eau, à la résonance du clapot sous la ferraille, il le cherche comme une ligne de dessin improbable entre les méandres, entre les bancs de sable cachés juste sous la nuit. Lentement, il déhale l'Azingo des arbres sur bâbord aux arbres sur tribord. Je l'observe, je le regarde naviguer à l'estime, naviguer à risque entre ces bancs d'échouage.

Je n'ai pas soif, je vous ai apporté ma bière...

Il attend d'être sûr du courant du fleuve avant de prendre la bouteille de Nino.

Il boit la bière à pleine bouche, comme un bock d'Amsterdam ou d'Ostende, comme s'il n'avait pas bu depuis dix ans. Il boit en ayant soif, d'une traite, soif de cette bière qu'il laisse couler sur sa peau autant que dans sa gorge.

Je suis content que vous soyez là...

Il me redit les mêmes mots, les mots qu'il m'a déjà dits, comme s'il ne les avait pas quittés, comme s'il ne m'avait pas quitté.

Nous boirons ensemble à la fin de mon quart...

Oui...

Il me dit qu'il s'appelle Jean-Yves, comme un Breton, ou presque.

Je me sens passager, passager ordinaire, sans histoire, dans notre case au néon, dans notre case de première classe. La nuit est comme plaquée sur les vitres, il y a des moustiques sur les cloisons, des cafards qui sortent des banquettes.

Madeleine...

J'attends qu'elle soit juste à côté de moi. Nous pouvons parler seuls, doucement, sous le bruit du moteur, sans que personne ne nous entende.

Nous faisons le même voyage que Schweitzer, sur la même ligne, à la même vitesse, le même voyage de Mandji à Lambaréné. C'est au cours de ce même voyage qu'il a vu pour la première fois les hommes et les femmes de l'Ogooué. Il les a vus dormir aussi, sûrement, dans leurs linceuls. Il a vu ces hommes et ces femmes qui se cachent, dans leur silence, dans leur immobilité, et même lorsqu'ils vont avec lenteur, sans gestes brusques, comme s'ils allaient d'une immobilité à l'autre. Même sur l'Azingo, ils vont comme ceux des forêts, sans bruit, en devenant parfois écorce ou feuilles.

Nous irons voir Joseph à Lambaréné... Il a été vingt ans infirmier de Schweitzer...

Elle dit Joseph, pourtant elle sait qu'il s'appelle François. Mais ce soir, elle l'appelle Joseph comme notre officier d'état civil.

Normalement, elle sait bien les noms, ceux des hommes comme ceux des fleurs, des oiseaux, des graines, des lézards. J'aimerais bien savoir comme elle les noms des arbres, des fleurs, des oiseaux. Peut-être qu'un jour j'apprendrai à les regarder. Un jour, je lirai moins de livres, moins de Schweitzer en allant au Gabon, et j'apprendrai la botanique, et les oiseaux. J'apprendrai même à leur parler en sifflant des mots, comme eux.

Pourquoi es-tu venu en Afrique ?

Pour finir une autre histoire... C'est toujours comme cela qu'on en commence une histoire, pour oublier la précédente... Parfois, on l'imagine, simplement, pour aller plus vite...

C'est la première fois que Madeleine me demande une réponse, vraiment. Normalement, elle parle comme elle va dans les marchés africains, d'une commerçante à l'autre pour trois doigts de bananes, comme ils disent, ou pour une main, et puis un peu plus loin pour quatre mangues.

Je n'ai pas envie de parler de l'autre histoire... Je ne veux pas en parler...

Les deux voyageuses de Libreville préparent leur nuit. Elles s'inquiètent des moustiques, des cafards qui sortent des banquettes. La Française se lave les dents avec une brosse de voyage électrique, à piles. Elle est habillée avec des vêtements de vitrine. Elle a toujours l'air habillée avec des vêtements de vitrine, de catalogue. Elle est heureuse de préparer sa nuit, sa nuit presque comme hier, avec les mêmes rituels. Je ne sais pas, peut-être qu'elle viendra dans l'histoire, plus tard, quand elle aura oublié ses habitudes ? L'autre voyageuse parle de son mari, de son couple. Elle ne quittera jamais le salon de première classe, son salon de princesse de Lambaréné. Elle ne descendra jamais sur le pont inférieur. Cela fait plusieurs fois qu'elle dit de son mari : « je ne vois plus sa couleur... ». Je n'ose pas lui dire que c'est elle qui ne voit plus sa couleur, que c'est elle qui se voit blanche. D'ailleurs, je n'ose rien avec elle, elle ne m'intéresse pas.

Plus tard, deux Africaines sont venues se coucher par terre, dans la travée centrale. Elles dorment sous leurs pagnes. A chacune de leurs inspirations, le tissu se colle sur leurs visages, dessinant leurs bouches, leurs pommettes. C'est assez impressionnant, un peu fantomatique. Une Africaine a un sein nu, découvert, un sein solide, ample. Elles ont parlé entre elles, en se couchant, elles ont parlé pour nous, pour dire... je suis malade, je veux être près des médicaments, près du réfrigérateur, de la cabine du commandant, de la cabine juste à côté, tout près... C'est la plus jeune qui est malade. Elle veut dormir près de ses médicaments. Nous n'avons rien dit, elles n'attendaient pas de réponse de notre part, c'était juste pour dire, pour que nous comprenions.

Maintenant, c'est la vraie nuit, la nuit du sommeil des passagers, la nuit réelle.

Je réentends le fleuve, l'Azingo, les arbres, le sable à la traîne. Maintenant, je commence à ne pas dormir, je me sens libre. Je suis presque seul avec le fleuve, avec l'Ogooué. Je ne dérange plus personne. Je peux aller dans la nuit.

Je vais seul jusqu'à la cambuse, en bas, à l'arrière, à l'arrière toute. Il y a un réchaud dans une petite cabine juste derrière la cathédrale, la salle des machines, un réchaud pour se faire du thé ou du café. En fait, il ne manque rien sur l'Azingo, il y a tout.

Une Africaine fait sa vaisselle à l'eau du fleuve. Elle se penche comme les autres, sans plier les genoux. Il doit y avoir une raison à leur attitude, une logique, mais je ne la connais pas. Les femmes de l'Ogooué peuvent rester très longtemps comme cela, juchées sur leurs pattes, comme des oiseaux de lac. La lumière du néon fait de son pagne un calque à peine coloré, le vent dessine ses hanches. A un moment, j'ai l'impression que c'est elle qui force, qui provoque ces remous d'écume, ces remous d'hélice qui font une trace blanche sur le fleuve, des remous que le pauvre Azingo arrive à peine à dépasser.

Nous nous traînons à deux ou trois milles à l'heure, pas plus. Je l'estime ainsi.

Madeleine est juste à côté de moi. La nuit nous rapproche comme si nous parlions à voix basse.

Parfois, nous naviguons très près des arbres, presque à les toucher, avant de nous éloigner, de revenir dans le lit du fleuve. Pour l'instant, le fleuve est monotone. Mais je m'habitue, je commence à être sensible à cette monotonie, à ce bac en ferraille, à cette forêt qui s'ouvre dans la nuit. Je commence à aimer de plus en plus la lenteur de ce voyage.

Avec Madeleine, nous bavardons, accoudé sur le bastingage. Nous parlons de notre passagère blanche, elle a une histoire avec un Eshira, Germain, un jeune garçon, un Eshira pubère, qui sait conduire la pirogue "même". Elle ne sait pas encore que c'est une histoire. Tout à l'heure, elle n'a pu s'empêcher de le dire dans le salon rouge... il est beau... il est tellement beau... Elle l'a dit d'une voix inhabituelle, d'une voix de jeune fille, d'avant, comme d'une voix du même âge que Germain. Elle parlait, et pour la première fois, j'ai remarqué ses seins, très petits, comme s'ils n'avaient pas grandi, comme s'ils étaient restés pubères, eux aussi.

C'est vrai que c'est un beau jeune garçon, Germain. C'est un beau petit caïman.

Germain, il aime sa mère. Il aimerait son père aussi s'il était encore là. Il veut être mécanicien pour automobiles. Pourtant, il n'y a pas de route dans son village, mais il n'aime pas les moteurs du fleuve. Je lui ai demandé de m'apprendre à dire la pluie en eshira. Je n'ai pas réussi à le dire correctement.

Tu n'y arriveras pas...

Je crois qu'il ne voulait pas m'apprendre vraiment comment on dit la pluie en eshira. Lui, il parle très bien français, très très, comme il dit, comme il m'a dit qu'il aimait sa mère très bien, très très... et son père aussi... s'il avait été encore là...

Les feux de route de l'Azingo font à peine un halo de brouillard sur le fleuve. La nuit est noire comme je la voulais, sombre, tellement sombre, une vraie nuit qui permet les discussions de bastingage. C'est la première fois que nous parlons si longuement de notre passagère.

Madeleine, pourquoi n'a-t-elle pas d'enfant...

C'est son mari qui ne veut pas...

Sa réponse est sèche, violente, rectiligne, comme un tracé, comme une rayure sur un mot inutile.

Ce n'est jamais aussi simplement vrai que cela...

Mais c'est une autre histoire, notre passagère.

Je me tais. J'attends. Je laisse passer un peu de nuit à l'allure de l'Azingo. Nous avons le temps, nous avons tout le temps de parler. Nous avons encore plus de temps quand tout va à l'allure de l'Azingo, à l'allure de l'équateur.

Et toi...

J'ai adopté... j'ai adopté ma fille... cela n'a pas été facile...

Je l'ai vue. C'est une jolie Tahitienne, une adoption d'un autre de ses voyages, une adolescente qui va au cinéma le samedi sur l'île Mandji.

Je laisse Madeleine parler. Je ne l'écoute pas vraiment. Je ne veux pas connaître sa vie de couple. Je ne suis pas venu pour cela sur l'Ogooué. Je la laisse dire ses mots au fleuve, ses mots de sa vie de femme. J'attends. Je la laisse dire ses phrases toute seule.

Je regarde la nuit qui laisse tout juste deviner le noir vert sombre des arbres. Nous naviguons à vue dans une nuit de quelques mètres.

Madeleine s'est arrêtée de parler depuis longtemps. Peut-être s'est-elle aperçue que je ne l'écoutais pas ?

Je pense qu'elle regarde la nuit comme moi, la nuit lente de la remontée de l'Ogooué.

J'attends. J'attends qu'elle me réponde vraiment.

J'attends les mots qui sont restés au bord de la nuit, tout près de sa bouche.

Et puis elle finit par le dire, vite, à la nuit, à l'Ogooué, aux arbres. Elle le dit vite, comme d'une voix d'étrangère, de sa voix de Française.

Je suis stérile...

Maintenant, pour moi, nous remontons ensemble l'Ogooué, nous remontons vraiment le fleuve jusqu'à Lambaréné. Nous pouvons même reprendre nos discussions de passerelle. Je lui dis que c'est curieux qu'elle vive dans ce pays où la stérilité est endémique. Je sais bien que c'est un hasard, un hasard de pétrole, pour elle. Ce qui est curieux, c'est qu'elle n'y ait jamais pensé.

Tout est stérile ici, même le fleuve qui n'apporte que du sable et des billes de bois jusqu'à la mer.

J'ai vu ton mari, Madeleine, il t'aime. Il t'aime comme il est, à sa manière, il t'aime comme nous aimons tous...

Cela fait vingt ans que nous sommes ensemble...

C'est bien...

Nous naviguons près des arbres, je devine les arbres dans le brouillard des néons de l'Azingo, les arbres à moitié sous l'eau.

Je ne sais pas pourquoi, un moment de fatigue peut-être, des mots m'échappent, des mots qui ne sont pas les miens. Je lui demande si elle a remercié une fois son mari, de rester avec elle. Ce n'est pas facile pour un homme de vivre avec une femme qui rêve d'un enfant, qui aurait voulu un enfant.

Tu devrais le remercier, un jour, une fois, à un moment qui viendra...

Il ne m'écoute pas...

Si...

J'ai sûrement une raison de dire tout cela, une raison personnelle, une raison proche. Il y a toujours une raison quand les mots vous échappent.

Madeleine, je ne veux pas parler de ta vie de femme... cela ne me regarde pas... Et je ne comprends pas les phrases que je te dis... je ne sais pas les dire...

Madeleine ne me répond pas. Elle ressemble à un oiseau. Ses mains sont comme des pattes d'oiseau sur la rambarde.

Parfois, Madeleine, c'est un oiseau, un oiseau que l'on peut prendre dans sa main, et puis que l'on relâche. On relâche toujours les oiseaux qui tiennent dans la main. En ce moment, elle est comme un oiseau, piqué sur l'Azingo, comme un oiseau qui n'ose plus aller jusqu'à la côte.

Madeleine... tu sais...

Et je lui dis comme je l'ai vue s'approcher des femmes, des mères qui tenaient leur enfant dans leurs bras. Je t'ai vue t'accroupir devant elles. Je t'ai regardée prendre leur enfant comme une voleuse, un peu comme une voleuse et à chaque fois tu t'en allais, doucement, un peu plus loin, encore un peu plus loin. Tu allais à l'écart et tu te montrais, comme si tu te montrais en mère, comme si l'enfant était le tien. Et tu souriais, tu souriais mais comme quelqu'un pris en faute.

Tu allais toujours jusqu'au moment où tu avais oublié la vraie mère, où tu l'avais perdue.

A chaque fois, je t'ai vue inquiète, nerveuse, comme si tu l'avais réellement perdue. Parfois, je t'ai vue rechercher la mère de l'enfant comme si tu l'avais vraiment perdue.

C'est vrai...

Oui, c'est vrai, Madeleine, c'est ce que j'ai vu...

C'était vrai, pourtant, dans quelques jours, elle ne voudra plus me croire, elle ne me croira plus.

Pourtant encore, tout à l'heure, elle m'avouera que souvent, elle est comme prise de panique, de peur, la peur de ne pas retrouver la mère de l'enfant qu'elle tient dans ses bras.

L'Azingo avance comme un pélican sans le haut de son bec, avec sa plage avant baissée, au ras du fleuve. Je regarde Madeleine à la lumière des feux de position, Madeleine muette, Madeleine qui cache son corps sous ses chemises superposées, son corps sec.

De la violence, de la détresse, ce sont les mots qui me viennent, comme cela, sur la rambarde de l'Azingo, sur le fleuve, au bord des arbres. Il y a sa violence, et je me souviens des mots de Yerma, de Federico Garcia Lorca. Je me souviens des mots de Lorca sur ce fleuve d'équateur, les mots me reviennent comme si j'étais espagnol, comme si je les avais déjà entendus, les mots de Yerma, la femme aride, aux seins arides sous sa robe, ses mots de nuit, les mots de nuit de Yerma, de vrais mots de nuit. Je m'en souviens, à un moment, elle parle seule à la nuit, ses mots me reviennent... Ay, que prado de pena... ay, que puerta cerrada la hermosura... quand je demande un fils pour en souffrir... l'air m'offre des dahlias de lune endormie... de dormira luna...

Je me souviens de Yerma. Il faudra que je parle de Yerma à Madeleine.

C'est étrange, j'ai souvent rencontré des femmes stériles ou qui croyaient l'être. J'aimerais savoir pourquoi, mais je ne peux pas le demander à Madeleine. Plus tard, je le demanderai à une autre femme, sur un autre fleuve, quand il m'arrivera une autre fois d'avoir le temps du voyage, le temps de la parole.

Je ne sais pas...

Je réponds à Madeleine, je ne sais pas, et je n'ai même pas entendu sa question.

Je ne sais pas. Je ne sais rien.

Je ne sais même pas pourquoi je suis sur ce pont, à côté de la passerelle, à deux mètres d'un navigateur qui plisse les yeux, qui pilote torse nu dans la nuit, et qui boit de la bière, de la Regab à la goulée, comme s'il voulait oublier sa vie, sa vie seul sur le fleuve, sa vie à éviter des bancs de sable entre l'île Mandji et l'île de Lambaréné. J'aimerais avoir une femme... je voudrais une femme... il dit, je voudrais une femme... et sa bouche est brûlante, ses mains transpirent sur la barre, sa peau est moite comme le ciel, et il dit : j'aime les femmes... j'aime les femmes... et il sent le malt et le houblon.

Tu es là depuis quand...

Depuis... depuis....

Ses mots sont comme raturés à l'alcool et au tabac. Seize ans, j'arrive à lui faire dire que cela fait seize ans qu'il navigue sur l'Azingo, sur l'Azingo ferraille.

Je ne sais pas pourquoi je lui parle. Je ne sais pas vraiment non plus pourquoi je parle à Madeleine, pourquoi je les prends à témoin de mon histoire du fleuve, de l'Ogooué.

Tout cela est dérisoire.

Je me souviens de nuits avec des femmes immobiles, froides, frigides. Elles me reviennent, ce soir sur l'Ogooué. Et j'ai aimé ces nuits autant que les autres, les sensuelles qui vous brûlent la peau jusqu'au matin. Je me parle seul. Je me parle avec le bruit du moteur, un bruit d'huile chaude et de pistons, ce bruit lancinant qui ne nous a pas quittés depuis l'échouage de l'île Mandji. C'est étrange, j'ai l'impression que tous mes mots viennent d'un autre, d'un autre que j'avais oublié.

Madeleine, je ne veux pas que nous soyons amants...

Je ne veux pas d'une nuit d'amants en ce moment...

Ce soir, il me semble que mes mots ont un goût de gasoil, de fer trempé, comme un goût d'homme qui n'aimerait plus la séduction que pour le dernier instant où il décide de déplaire.

Madeleine est à côté de moi, mais je me sens seul. Pourtant, je l'amuse avec mes médicaments contre les acidités, mes médicaments pour me protéger de mes faiblesses nerveuses. Elle me dit que je suis drôle avec ma maladie nerveuse. C'est bien qu'elle me dise cela. C'est bien même si ce n'est pas toujours vrai.

Maintenant, nous sommes loin de la mer, loin du sel, loin des mouettes, loin de l'île Mandji. Il n'y a personne sur ce fleuve, que ce vieux bac qui va à contre du courant, qui va dans les arbres jusqu'à les cogner presque, un vieux bac qui remonte la forêt autant que le fleuve en transportant quelques caisses de bières et des familles couchées, cachées sous leur pagne.

Je commence à entendre le silence malgré le bruit du moteur.

J'ai envie d'apprendre l'Ogooué, j'ai envie que le fleuve me donne, qu'il me donne un peu de lui. J'ai envie de partager ce que je vois, ce que je sais. C'est la première fois que j'ose imaginer que je vais partager.

Ce n'est rien, mais pour moi, c'est étonnant. C'est comme pour Madeleine, de marcher sur des billes de bois.

J'aime ces gens du fleuve, j'aime leur respect, comme ils respectent. Ce n'est peut-être qu'une idée, une impression, mais je veux croire que c'est vrai.

L'Azingo, c'est le nom d'un lac, me dit Madeleine...

Le lac Azingo... le lac des douleurs...

Madeleine est un témoin, un prétexte, une autre. C'est un peu cela aussi, l'autre, parfois. Je lui parle comme je parle au fleuve, à la nuit, aux arbres, à ceux de l'Ogooué. Je lui parle à elle aussi.

C'est important pour moi d'aller à l'étranger souvent, loin. Je sais où je vais loin maintenant. Je vais loin de mon enfance, pour être adulte, pour oublier la violence de ma jeunesse. Je ne fuis pas sur l'Ogooué. Je m'éloigne, c'est tout.

Je m'éloigne pour oublier la peur, la violence, l'abandon. Je ne voyage ni pour le rêve, ni pour l'exotisme, je voyage pour oublier, pour ressembler de temps en temps à un homme.

Je crois que j'aurais préféré avoir une mère stérile. C'est curieux comme les phrases vraies ont un sens presque impossible. A moins qu'elle ne ressemble à une phrase de l'Ogooué, à une phrase du fleuve comme celles de Germain : j'aime aussi mon père, très très, s'il était encore là...

Mais c'est mon histoire comme Madeleine a son histoire, et nous ne devons pas en parler.

Madeleine est adossée à la paroi de fer de la passerelle, pas loin de moi. Elle regarde la forêt qui se devine, l'eau du fleuve. Elle voyage dans sa nuit.

Je suis content que tu sois là...

Moi aussi...

C'est tout. Le fleuve est monotone pour l'instant.

Regarde...

Regarde, Madeleine...

Une lumière vient du toit de l'Azingo, un faisceau lumineux, une lumière de mirador, mais sans violence, comme une lumière de brouillard.

Regarde....

La lumière du phare mobile cherche dans les arbres, elle cherche comme un homme caché, un homme qui aurait fui. Elle cherche comme un repère, un signe dans la traversée de la nuit.

Je n'ai jamais navigué comme cela, avec un fanal mobile, un périscope lumineux. Je suis fasciné par cette trace de lumière qui frise les arbres, cette lumière de projecteur, de lamparo. J'entends un bruit de forêt, de forêt dérangée par cette luminosité artificielle.

Enfin, la lumière cesse de naviguer dans les arbres, elle s'accroche, elle s'accroche et deux cases apparaissent, deux cases, deux façades, dans l'eau, dans les arbres, deux cases à un étage. Malgré leur étroitesse, elles ressemblent à un palais de Venise, à un palais de lagune, dans la nuit, volées à la nuit, au brouillard de la nuit.

C'est magique.

Je viens de voir un mirage d'équateur.

Le fleuve donne. L'Azingo, l'Ogooué me donnent.

Maintenant, je sais que le limon du fleuve est dans les arbres, dans ces cases accrochées dans les arbres. Tout se passe très vite mais maintenant, je sais que le fleuve est entré dans mon histoire. Il vit, il est présent.

Il y a du brouillard dans la nuit, un brouillard pris à la forêt.

Nous remontons, nous remontons la nuit.

La lumière s'accroche sur les cases et c'est comme si je voyais des dahlias de lune endormie, des dahlias d'Espagne.

L'une des cases est bleue, je voudrais savoir le nom de ce bleu, un bleu un peu sombre, comme un bleu de fresque. J'ai déjà vu ce bleu sur des fresques, des fresques de Cimabue, peut-être ?

Les cases sont doubles, elles sont noyées dans les arbres et noyées dans le fleuve. Elles sont toutes droites, plongées à l'envers dans le fleuve, deux cases côte à côte, seules, prises dans le mur d'arbres de la forêt.

Les couleurs sont dans l'Ogooué, c'est le même bleu qui est dans le fleuve, le bleu de la fresque est dans le fleuve, toutes les couleurs sont dans le fleuve, les mêmes couleurs, identiques, comme si l'Ogooué, le fleuve de sable, charriait soudain de l'étain et du mercure sous les cases, juste sous les cases dans la nuit.

J'aime. Je suis amoureux de cette maison bleue, de cette case bleue qui vit dans le fleuve, la nuit, quand passe l'Azingo. J'aime la vie cachée du fleuve, comme tout est caché ici, dans la nuit, la vraie nuit sombre d'équateur, sans points électriques. Tout se cache, ici, dans les arbres, dans les roseaux, parfois sous l'ombre des manguiers.

La lumière s'est éteinte. La nuit est revenue par le travers de l'Azingo. Les cases ont disparu. C'est à peine si l'on devine encore la marée d'arbres qui vient jusqu'au fleuve, une marée haute d'arbres d'équateur.

Il ne faut pas dormir pour voir...

Tu vois, Madeleine, il ne faut pas dormir pour voir...

L'Azingo continue sa route sur le fleuve, il continue à traverser la nuit. Il navigue sur une route de nuit, une trace de nuit.

Je n'arrive pas à oublier la case bleue, cette case bleue piquée dans le fleuve de saison haute, de saison des pluies.

Maintenant, l'Azingo a marqué sa route, il vient de passer le repère entre Ngola et Egnonga. Le pilote qui boit de la bière sait exactement où il se trouve.

Il l'a juste vérifié d'un coup de lampe, pour en être sûr, pour être sûr aussi, peut-être, qu'il n'y a pas un passager à embarquer, un habitant de la case bleue qui attendrait, à moitié caché sous un manguier.

Nous montons sur le toit de l'Azingo par une échelle sur bâbord. Avec nos nattes sous le bras, nous ressemblons à de curieux plaisanciers. Madeleine est précautionneuse, elle a pris une lampe torche, à peine plus grande qu'un stylo. Quelques hommes dorment sur le toit, sous leurs pagnes. Ils ressemblent à des caïmans échoués. Une seule des deux cheminées des machines fume, c'est normal, logique.

Nous allons à l'avant près de la lampe périscope, une lampe de quelques centimètres, ronde comme un œil, une lampe de cyclope.

Debout, j'ai l'impression d'être au-dessus de la forêt.

Il me semble que le ciel s'est un peu découvert.

Je pose ma natte à côté de celle de Madeleine. Elle a pris un pagne aussi pour moi, un de ses pagnes de l'île Mandji.

Nous naviguons. C'est beau. C'est simple. Nous sommes libres. Je lui dis que nous sommes libres.

Le fleuve est piqué de petites lumières, de phosphorescences.

Tu as vu...

C'est le reflet des étoiles...

Le ciel s'est vraiment découvert et je ne m'en suis pas aperçu. Je ne regarde pas assez bien. Il faut que je regarde encore mieux.

Je n'ai pas vu l'Ogooué prendre les étoiles.

C'est incroyable, ce fleuve piqué de fragments de lumières dans le noir sombre.

La forêt devient comme un immense nuage de nuit traversé par une route piquée de cailloux, brillants comme des diamants.

Le fleuve me donne sa nuit, il me donne aussi sa route de nuit.

L'Azingo remonte à peine l'Ogooué, si lentement. Le temps ne compte plus. Et il n'y a personne, il n'y a rien, rien que ce bateau de ferraille qui remonte le temps de l'île Mandji à l'île de Lambaréné.

Nous sommes seuls.

Nous remontons la nuit. Je sais maintenant que nous remontons la nuit.

Je me permets cinq minutes. Parfois, je me permets cinq minutes de silence. C'est simple ici, il n'y a pas de violence, nous sommes si loin de la violence.

Madeleine est sur sa natte, sous son tissu d'Afrique. Elle dort peut-être ou presque. Je m'allonge à côté d'elle dans son dos et je la tiens contre moi, je me cache un moment derrière sa nuque. Elle semble surprise mais ne me dit rien.

Je la tiens contre moi, c'est tout, contre moi dans la nuit, dans le silence. Je n'ai aucun geste d'amant, aucune intention de désir. Nous sommes un homme et une femme simplement. Je ne veux rien d'autre que cela, être un homme et une femme simplement qui traversent la nuit sur le toit d'un bac, sur la ligne même de l'équateur.

C'est peut-être la première fois que je tiens une femme dans mes bras sans désir de sensualité, sans désir de prendre. Je me sens libre et je ne suis pas seul. Je me permets quelques minutes immobiles sur le fleuve piqué d'étoiles. Je me sens libre. Je pourrai peut-être le lui dire demain. Je dors avec ma veste et je suis libre. Je pourrai peut-être le lui expliquer demain, mais je ne sais pas si mon histoire l'intéresse. Je ne sais pas. Mais je suis libre quand je suis couché avec mes chaussures, avec ma veste fermée, le col relevé, libre de partir, de fuir, comme autrefois, quand je fuyais, quand je partais, quand je ne dormais nulle part.

Je sais bien que ce n'est que mon histoire particulière, que cela ne l'intéresse pas, ni elle, ni les arbres, ni l'Ogooué.

Pourtant, j'aurais aimé le dire, une fois. C'est si simple à dire quand ce n'est pas à voix haute. Je n'ai pas peur quand je dors habillé. Je n'ai pas peur quand je peux partir. Je n'ai plus peur. Il n'y a qu'à ces moments-là que je me sens moi, vraiment moi-même.

J'aurais aimé le lui dire, mais ce n'est pas grave, elle dort ou presque, elle est dans une autre nuit.

Ce n'est pas grave. Je suis libre sur l'Azingo, comme autrefois en fugue, en délinquance, en évasion. Et personne ne va m'arrêter jusqu'à Lambaréné.

Je traverse la nuit d'équateur et je suis libre.

La lampe périscope vient de s'allumer. Je vois la lumière dans les arbres de la côte, comme si la forêt était devenue une côte, une côte de cabotage. Le faisceau éclaire Madeleine. Je vois son visage et sa coiffure d'Irlande, ses yeux fermés et ses mains agrippées à son pagne. La lumière est passée sur elle à la vitesse d'un éclair de magnésium.

Je commence à aimer vraiment l'Ogooué, l'Azingo, ces familles qui voyagent aller retour sur le fleuve, de leurs villages au marché de la lagune, de la ville, pour vendre un peu de manioc et de cerfeuil sauvage.

Il est minuit, minuit sur l'Ogooué.

Je rejoins le salon de première, l'ancien salon de première, rouge, rouge foncé. Je passe par dessus des dormeurs couchés par terre. Il y a une odeur de sommeil, de métal humide, une odeur de moustiques. Il y a peut-être même une odeur de moustiques.

La porte est ouverte au vent Azingo, un vent qui file trois nœuds sur la ferraille, trois nœuds à l'étrave. Le feu rouge de bâbord brille près de moi comme une lumière de cabaret, comme une lumière de bordel. L'Azingo remonte l'Ogooué comme un cabaret fluvial après la fermeture, silencieux, avec juste le bruit du moteur diesel, lancinant, monotone.

Je ne sais pourquoi j'ai regardé ma montre. Un hasard peut-être ? Mais il est minuit, il est quand même minuit, le minuit de Schweitzer, après celui de saint François-Xavier, le minuit de l'Inde, le minuit précurseur de la visite des malades, une dernière visite pour rien ou presque, pour l'imposition des mains, pour la prière d'aller jusqu'à l'aube. Saint François-Xavier, Goa, Lambaréné, Schweitzer, l'Ogooué.

Je le dirais à Madeleine, demain, saint François-Xavier, la visite des malades à minuit, la même visite à Goa que celle de Schweitzer.

Pourquoi ne le raconte-t-on pas comme cela ? C'est tellement plus beau de continuer l'homme, de continuer les hommes.

Pourquoi, Madeleine ?

C'est la nuit, la nuit profonde d'équateur, la nuit silence. Je suis bien, seul, en paix, avec des femmes, des hommes couchés par terre, des hommes, des femmes qui n'ont pas peur de dormir devant moi, juste cachés sous leurs tissus de marché.

Et puis il y a une voix rauque, une voix d'homme, de passager, une voix d'homme qui a bu la bière dans la bouteille d'ici, la bouteille d'une pinte. Je ne comprends pas les mots qu'il dit. J'entends juste sa phrase ricocher sur le métal de l'Azingo, juste une phrase trop forte qui résonne et qui va dans la nuit, dans les arbres, une phrase courte, rouillée, inutile, une seconde de violence anonyme. On est vite ivre dans le noir, dans la nuit du fleuve, on est vite ivre quand le sommeil vous échappe et que l'on avance sur un pont moite, humide, glissant, comme un pont qui aurait pris la mer, une mer de ciel d'équateur.

Je retrouve le silence de minuit. A ce moment-là, j'aime bien mon histoire, l'histoire de ce couple de hasard, décidé par un contrôleur de billets, de ce couple qui vient de dormir ensemble cinq minutes sur le toit du pont supérieur d'un bac fluvial, au-dessus des arbres ou presque.

Quand je retrouve Madeleine, elle ne dort plus, elle est assise à l'avant, toute seule, immobile. Elle regarde le fleuve, la nuit. J'hésite un moment à la rejoindre. Peut-être que si j'avais été sur une route de passage, dans une ville, à Lambaréné même, peut-être que je serais parti sans rien dire. Mais nous sommes sur l'Azingo, nous sommes encore obligés d'être ensemble, encore quelques heures sur ce bac qui remonte le fleuve.

Un instant, le phare s'allume, il ressemble à un vrai phare de'Citroën traction avant, à un phare de capot. Le cercle de lumière cherche un repère, une vie cachée dans les arbres, quelques cases perdues, bleues ou ocres, quelques cases en bois de la forêt, quelques cases aux fenêtres fermées.

Je m'assieds mal à côté d'elle, j'ai de l'ankylose, des fourmis, comme celles qu'il y avait dans le pain du soir. J'aurais dû accrocher le pain en l'air dans des sacs, comme les Africains. Je ne l'ai pas fait alors j'ai mangé des fourmis, de toutes petites fourmis noires, grosses comme des grains de sable, c'était comme manger du pain, du pain tombé dans le sable, rien de plus.

Je m'en veux de ne pas savoir m'asseoir en tailleur, en tailleur indien, comme ceux que j'ai vus dans les boutiques de Bombay, de Goa, de Calcutta, assis sur leurs étals.

Madeleine regarde seule. Elle, elle est assise en tailleur de l'île Mandji, et elle regarde toute seule le fleuve, peut-être même qu'elle essaye de regarder jusqu'à Lambaréné.

Je n'ai pas envie qu'elle regarde le fleuve toute seule. Je ne veux pas qu'elle soit Madeleine, l'épouse officielle. Je veux qu'elle soit l'autre, l'autre Madeleine, celle du couple de hasard décidé dans une guérite, dans une guérite de port.

Tu sais, je ne voulais pas tout à l'heure...

Tu ne voulais pas quoi...

Rien...
Je voulais juste que tu ne sois pas loin de moi...
J'ai juste posé mon bras sur toi...
Cela n'a pas d'importance...
C'est vrai...
Oui...

Nous regardons de nouveau ensemble le fleuve piqué d'étoiles. Parfois, il y a aussi des flocons de kapok, des milliers de flocons blancs de kapok.

Madeleine est à côté de moi et je ne la connais pas ou à peine. Je ne la connais qu'à l'instant, au présent. En fait, c'est difficile de parler en s'interdisant le passé de l'un ou de l'autre, en ne se permettant que le présent. Pourtant, je suis sûr que cela devrait nous arriver plus souvent. Je suis sûr que c'est bien.

Maintenant, je crois que Madeleine accepte de ne pas avoir de passé pour le temps de l'Azingo.

Elle m'a seulement dit qu'elle était à moitié irlandaise et qu'elle ne connaît pas vraiment l'Irlande.

En fait, tu es métisse...

C'est tout ce que je lui dis.

Je ne sais plus si ce sont des étoiles ou du kapok
qui glissent sur l'eau.

Madeleine ne me parle plus de son passé. Elle me dit seulement qu'elle veut aller voir N'Gomo.

Elle a vu N'Gomo une fois, de loin, c'est tout, en pirogue rapide.

Je veux aller voir N'Gomo...

Je comprends, que pour elle, N'Gomo c'est comme monter, marcher sur les billes de bois, marcher sur le golfe de Guinée.

Puis elle parle, comme si nous étions ensemble, et elle me dit, je voudrais...

Je voudrais que tu vois N'Gomo....

Je ne lui demande rien, je ne lui demande pas pourquoi. Je ne sais pas ce qu'elle veut dire. Je ne connais pas N'Gomo. Je remarque seulement qu'elle est nerveuse, différente, nerveuse et émotive.

Je ne sais pas encore que plus tard, lorsque nous arriverons à N'Gomo, je serai nerveux comme elle, je demanderai N'Gomo comme elle, avec son émotion de cet instant, de cet instant sur le toit du monde, du monde isolé de l'équateur.

Je l'écoute et je lui prends son émotion comme un voleur. Je la vole et je lui demande de me donner tout, N'Gomo, l'émotion de N'Gomo.

Je ne veux pas qu'elle me prenne l'histoire.

Je voudrais voir N'Gomo...

Je voudrais aller aussi chez les Mishogos, sur les lacs...

Je ne veux pas qu'elle me prenne mon histoire, qu'elle en fasse le voyage d'une épouse entre l'île Mandji et l'île de Lambaréné. Cette histoire ne m'intéresse pas.

Madeleine...

Madeleine, je ne suis pas venu là pour te promener...

C'est ennuyeux, les nerfs fragiles, parfois. C'est ennuyeux parce qu'ils piquent sous la peau. Ils piquent plus longtemps qu'on ne le voudrait, toujours.

Madeleine...

Madeleine, pourquoi ton mari ne t'a-t-il pas fait marcher sur les billes de bois ? Pourquoi ne t'a-t-il pas emmenée à N'Gomo ? Et chez les Mishogos ?

Et sur l'Ogooué ?

Ce n'était pas à moi de t'emmener sur le fleuve...

Ce n'était pas à moi...

Normalement, ce n'était pas à moi...

Il n'a pas le temps...

Il n'a jamais le temps...

Je suis sûr que c'est vrai, que c'est presque vrai.

Je me couche sur le dos et je regarde le ciel. Des nuages s'approchent de l'Azingo. C'est la saison des pluies, c'est normal, comme l'orage au loin, très loin, avec des éclairs, des segments de lumières qui apparaissent loin, très loin au-dessus de la forêt, comme à des milliers de kilomètres.

J'ai froid...

C'est la première fois qu'une femme me dit : j'ai froid, sous l'équateur, sous cette chaleur moite, sous cette chaleur qui ne quitte pas la nuit.

Cette fois-ci, c'est elle qui vient près de moi, qui vient se cacher presque contre moi, avec ses chemises les unes sur les autres, avec son pagne. Cela m'amuse, ses chemises qu'elle achète dans les marchés, des chemises d'occasion, de troc, déjà portées. Ses pagnes, elle les demande à des femmes dans la rue, elle leur demande le pagne qu'elles portent , en échange, contre un neuf qu'elle leur paie à la boutique du village. Ce sont toujours des femmes de son âge ou presque. Elle n'a jamais demandé le pagne d'une jeune fille. Elle ne veut pas vraiment voir les jeunes filles, ni les enfants qui ne se portent plus dans les bras, ceux-là, les autres, elle leur donne des bonbons. Elle a acheté beaucoup de bonbons au magasin M'Bolo. Elle les leur donne comme une blanche, comme un docteur, pour être gentille, mais peut-être aussi pour ne pas leur parler, pour ne pas les entendre, pour ne pas les voir.

J'ai ouvert ma veste, une vieille veste de coton mouillé pour qu'elle n'ait plus froid. C'est un peu dérisoire.

Je n'aime pas embrasser...

Sa phrase est étrange dans la nuit. Elle ne m'est pas adressée. Elle me la dit comme un regret, comme un secret peut-être. Je ne sais pas. Je remonte l'Ogooué avec elle, et je n'ai pas envie d'être un amant de passage. Ce n'est pas l'histoire que je cherche pour cette fois-là.

Je ne sais rien d'autre.

Tu devrais dormir un peu...

Tout est calme, je reste seul avec le fleuve, la nuit qui se couvre de nuages. De temps en temps, le pilote allume le phare de toit, très vite, juste le temps de voir un enchevêtrement, un lacis de branches, et une trace de lumière blanche qui ripe sur le fleuve.

J'aime bien ma cigarette avec son bout rouge, incandescent. C'est ma lumière de bordel à moi, comme celle de l'Azingo, ma lumière de cabaret.

J'ai dormi longtemps...

Non...

Tu as parlé dans ton sommeil... tu as rêvé en anglais... dans ta langue maternelle..

Qu'est-ce que j'ai dit...

Je ne sais pas, je n'ai pas bien compris... Tu savais que tu rêvais en anglais ?

Non...

J'avais envie de lui demander si elle aimait sa mère.

Tu es sûr que tu n'as pas compris...

Oui...

Je lui dis la vérité mais elle hésite à me croire. C'est normal, cela fait toujours un peu peur de parler la nuit, malgré soi, de laisser échapper des mots, des mots que l'on imagine toujours secrets, très secrets. On se trahit souvent soi-même, mais ce cas-là est bien le seul où on l'envisage pleinement.

Pour moi, je me dis qu'elle vient de m'embrasser en anglais, sans le savoir, par hasard, par méprise, en remontant l'Ogooué, dans une longue nuit d'équateur, une nuit lente du Gabon.

Viens...

Le ciel est couvert et il commence à pleuvoir. Un coup de lampe fait briller le métal, il fait briller l'Azingo comme un fiancé gominé, verni.

Dans le salon, par terre, une Africaine lit. Elle regarde un livre dans la pénombre, un livre qu'elle partage avec sa sœur, sa sœur qui dort à côté d'elle dans son pagne à rayures bleues et blanches. Elles n'ont qu'un seul livre, un roman d'amour qu'elles tiennent l'une après l'autre, qu'elles imaginent. Elles ne savent pas vraiment lire mais cela leur suffit de savoir que c'est une histoire d'amour. Elles lisent immobiles, sans tourner les pages. C'est magnifique. Je suis bouleversé.

Entre les banquettes rouges, une autre femme se retourne dans son tissu de Madras, peut-être de Madras. Elle gobe l'air et le tissu colle à sa bouche à chaque respiration. Son visage est impressionnant avec le pagne plaqué sur sa peau. Elle dort comme une morte, presque.

L'Azingo revient près des arbres.

Nous naviguons presque dans la forêt.

Je reconnais le pas lent, un peu lourd du commandant N'Guié qui rejoint sa passerelle.

La lampe mirador du toit s'allume. Elle éclaire les arbres, et puis trois cases en zone inondée, trois cases de bois sombre aux volets fermés. L'eau du fleuve et des pluies est presque à venir jusqu'au village, jusqu'aux habitations, elle est presque à venir les prendre pour les piquer droites dans le fleuve comme ma case bleue, comme ma maison bleue de tout à l'heure.

Le faisceau de lumière passe d'une case à l'autre. Elles sortent du brouillard de nuit avant de disparaître. La lumière les cherche, les traque, comme si elle voulait les arrêter, les immobiliser.

Il pleut. Il pleut de la pluie d'équateur, une vraie pluie de novembre.

Il y a du bruit dans la passerelle, de l'agitation. Je reconnais le rire de mon pilote d'Omboué et la voix du commandant Jacques, du commandant N'Guié, et aussi la voix d'une femme, sûrement sa jeune femme, tant elle parle avec assurance au milieu des hommes. Je l'entends parler, mais pour l'instant, je ne l'ai jamais vue, je ne la connais pas.

Nous approchons, nous sommes à une dizaine de mètres des cases. Il n'y a personne sur la rive. L'Azingo s'avance vers le village fermé, aux portes et aux fenêtres fermées. La lumière du projecteur sort ce village inondé de la nuit, de la forêt. Il semble immobilisé comme pour un cliché photographique.

Le moteur ralentit. Nous allons accoster, atterrir, et il n'y a pas de quai, pas de ponton, il n'y a que les arbres dans l'eau du fleuve en crue, dans l'eau du fleuve qui déborde dans la forêt.

Le second du commandant N'Guié sort de la passerelle. Il vient près de moi du côté des arbres. Il allume un projecteur latéral accroché sur le bastingage, un projecteur violent à lumière blanche.

Nous frôlons les palmes. Les palmes vertes trempées à la pluie brillent sous le projecteur. Elles brillent en vert cru, elles semblent comme laquées, comme brûlées à la lumière.

La pluie d'équateur ricoche sur ces longues palmes et remonte dans la nuit. On dirait presque qu'il pleut à l'envers. Le projecteur fume et, dans sa trace blanche, je vois des milliers de moustiques, tous ces moustiques à paludisme, à piqûres, des moustiques en tous sens qui se heurtent à la pluie, qui se tamponnent dans les gouttes dans un incessant carambolage.

L'Azingo glisse dans le marécage, dans les roseaux. Nous nous approchons des cases.

Madeleine...

Je veux qu'elle soit tout près de moi, qu'elle regarde avec moi.

L'Azingo avance au ralenti dans les roseaux.

Arrête là...

J'entends l'ordre du commandant.

Arrête là...

L'Azingo devient immense en s'approchant des cases. Il avance comme une cathédrale de ferraille illuminée, une cathédrale Eiffel, métallique. Sur le pont supérieur, nous sommes bien au-dessus du village, presque au-dessus des arbres.

L'Azingo continue son avancée. Il semble très lourd tout à coup, au ralenti, au ralenti extrême.

L'Azingo... Ce bateau-là...

J'entends cette phrase de la passerelle et le rire de la jeune femme.

Sur le pont inférieur, des passagers regardent l'accostage. Ils ont juste leurs têtes penchées au dessus de la ferraille. Ils regardent les roseaux accrochés par l'Azingo et qui disparaissent sous sa coque.

Recule...

C'est la première fois que j'entends le commandant parler sèchement.

Recule...

Nous frôlons de nouveau les palmes vertes, brillantes. Certaines deviennent jaune doré, jaune brûlé sous la lumière du projecteur.

Avance là....

C'est bon...

Les mots résonnent dans la passerelle à deux mètres de moi. Je reconnais ces mots de navigation, ces mots de ma jeunesse.

Egnonga....

Egnonga, dit le pilote d'Omboué avec sa voix trop forte qui a bu la bière à cause de moi, et il se met à rire à grandes gorgées. Et son rire sent la bière.

Maintenant, l'Azingo va bâbord dans les arbres, vraiment dans les arbres.

Les branches craquent, cassent sous le passage du grand bac. Les palmes couvrent le pont supérieur. Le second de l'Azingo essaie de protéger le projecteur de passerelle.

Nous entrons dans les arbres. Nous entrons dans la forêt, vraiment dans la forêt.

Attention...

Je prends Madeleine et je la plaque contre la paroi de l'Azingo. Je suis contre elle, une palme vient m'érafler, me claquer le dos. Le second est couché sur le pont.

Je me retrouve comme un amant contre Madeleine, comme un amant qui prend une femme sous une porte cochère. Elle me regarde. Un instant, nous sommes comme deux amants, comme deux amants presque, qui se prennent dans la nuit, debout, sur le pont supérieur d'un bateau de commerce, d'un bateau public, d'un bac fluvial qui accoste dans les arbres.

Je rejoins le second à l'avant, pour voir, pour regarder. Madeleine est restée contre la paroi de la passerelle. J'aime bien qu'elle reste un moment à cet endroit-là.

J'aperçois dans la passerelle la jeune épouse du commandant juchée dans l'ombre sur un tabouret de bar derrière son mari et le pilote de l'Omboué. Je ne vois en fait que ses cuisses qui dessinent une courbe sous son pagne.

Mets toujours à fond... Tu vas comprendre....

L'Azingo reprend son avancée dans la forêt, il casse et renverse les arbres avec sa plage avant baissée, au ras de l'eau, comme une énorme pelle d'acier qui brise les troncs comme s'ils étaient de bois secs dans des bruits de craquements incroyables.

Nous entrons dans la forêt. Le paquebot Azingo entre dans la forêt avec ses projecteurs, avec toutes ses lumières de palace, de cabaret.

Voilà...

OK...

Nous sommes dans la forêt, encastrés dans la forêt, dans les arbres, dans les palmes.

Egnonga, jamais je n'ai fait un tel accostage de ma vie. Je regarde les premiers passagers descendre et je comprends. Ils descendent à pied sec, sur la terre ferme, dans cette zone inondée. Avec l'Azingo, le commandant a re-trouvé la terre dans la nuit, sous les arbres. Il a échoué juste l'avant de son bac pour ses quatre passagers d'Egnonnga.

Ceux-là portent à terre leurs bagages, sans hâte. Ils vont et reviennent prendre un sac, une caisse de bières, un bidon de plastique bleu, un jerrican. Personne ne les aide. Tout le monde a le temps. Un vieil homme marche avec difficulté mais cela ne fait rien, il porte sa caisse de bières. Il s'arrête plusieurs fois jusqu'à l'endroit où ils rassemblent tous leurs bagages. La très vieille maman qui l'accompagne déhale un vieux sac sur son dos qu'elle tient avec une main sur son épaule.

Ils vont dans la nuit, je les devine aux couleurs claires qu'ils portent. D'une femme, je ne vois que son foulard blanc et un liseré de jupon qui frise sous sa jupe. Je ne vois que cette corolle blanche et son foulard qui vont dans les arbres. C'est presque surréaliste.

Et il pleut toujours de la pluie d'équateur.

De l'avant du bateau, je les vois quand ils partent et reviennent. Ils marchent comme s'il ne pleuvait pas. Ils ne se protègent pas de la pluie. Ils vont comme s'il ne pleuvait pas.

J'aime ces gens qui marchent sous la pluie comme s'il ne pleuvait pas. Je me sens proche d'eux. Moi non plus, je ne me protège pas de la pluie, je ne marche pas plus vite sous la pluie, mais cela semble étrange en Occident.

Il faudra que je trouve le temps de dire tout cela à Madeleine, avant l'arrivée à Lambaréné, l'histoire des passagers qui vont sous la pluie, qui acceptent la pluie.

Il faudra que je lui raconte comme ils respectent la pluie.

Il y a beaucoup de respect sur ce bateau de pauvres qui sent la rouille, le poisson séché, le tissu trempé.

Madeleine, je voulais te dire...

Je suis heureux sur ce fleuve...

Un criquet, une sorte de criquet fait du bruit dans les arbres, peut-être même dans les branches qui sont accrochées à l'Azingo.

Il n'y a eu aucun signe, aucun geste, je ne sais pas comment ils ont décidé que le débarquement était terminé, mais l'Azingo repart doucement en arrière.

Sur la terre, je vois encore les quatre silhouettes et les bidons qu'ils vont laisser là jusqu'au jour. Puis je ne vois plus rien qu'un point de lumière, une lampe de poche qui va dans la forêt, lentement, une lumière grande comme un grain de sable. L'Azingo éclaire les cases avec son périscope. Nous allons en arrière. Les passagers d'Egnonga vont faire un long détour pour rejoindre leur village, il y a comme un chenal entre eux et les cases.

Ils reviennent chez eux... dit doucement Madeleine.

Dans sa douceur, il y a comme un peu de nostalgie.

Je vois encore quelques secondes toutes les cases inondées, presque inondées, et puis plus rien, le village disparaît.

Il n'y a rien sans la lampe de l'Azingo, tout est secret, caché, la nuit, sur les rives. J'aime de plus en plus l'Ogooué, ce fleuve sans électricité.

Il ne faut pas dormir, Madeleine...

Nous dormirons demain quand il fera jour, quand le fleuve sera monotone.

Demain, l'Azingo remontera le jour à deux à l'heure comme un vieux chaland.

L'Ogooué est un fleuve de nuit.

Nous remontons la nuit.

Nous traversons la nuit.

Le voyage au bout de la nuit. Il m'a volé le titre, ce raciste, cette ordure de grand écrivain.

Madeleine est étonnée de m'entendre utiliser des mots d'insultes, de violence.

J'ai besoin de me le dire de temps en temps...

Je le dis aussi au fleuve, à l'Ogooué, pour ces gens de l'équateur qui dorment sous leur pagne...

Je me dis aussi qu'en fait, finalement, les écrivains ne font que prendre quelques titres.

Sur la côte, les arbres sont noirs, noirs de nuit.

Je crois que je préfère les poètes.

Tout à coup, je me sens seul, accoudé à la nuit, seul comme si je n'avais plus de passé. Je n'ai plus d'histoire que la nuit qui monte du fleuve, qui monte de la ferraille, qui vient de sous les arbres. Je la sens dans mes vêtements humides qui ont une odeur de poisse.

J'ai perdu l'histoire inventée. C'est trop difficile de raconter un homme et une femme simplement, sans rien d'autre.

Nous venons de quitter Egnonga, et je m'inquiète de la fin de l'histoire. Je n'arrive pas à l'imaginer. Ils se quittent, bien sûr. C'est sans importance. C'est logique. Mais ce n'est pas suffisant.

Madeleine, je ne sais pas la fin de l'histoire...

Elle ne me répond pas. Elle se tait. Cela ne m'étonne pas. Elle fait semblant de ne pas m'avoir entendu. C'est plus simple.

J'ai envie de la quitter, maintenant, tout de suite.

Je n'ai pas soif mais je veux descendre près de ceux de l'Ogooué. Je n'ai pas soif, mais je veux prendre une bière pour voir Nino, le nain bossu, dormir dans son cercueil ouvert.

Avec sa tête difforme, il ressemble à un nouveau-né, dans sa caisse pas plus large qu'un banc.

Je me sens mieux, avec les miens, ceux qui dorment habillés, comme moi. J'ai l'impression d'être à ma place sur ce bateau de pauvres, d'intouchables, de cette caste-là. C'est sans tricherie. Je viens de là, de cette condition.

Je suis stérile, Madeleine. J'aurais pu le lui dire. Un homme sans passé, c'est un homme stérile, n'est-ce pas ? Je n'ai que mon passé, que le mien. Ce n'est rien. Ce n'est pas grand-chose. J'aurais aimé avoir une histoire ancienne, une histoire qui ne serait pas venu que de moi.

Peut-être que je suis venu, ici, en Afrique, pour cela aussi, pour oublier que je suis de nulle part ?

Je me sens bien, en bas, sur le pont inférieur, à côté de ceux de l'Ogooué qui dorment par terre. Si je le veux, je peux m'allonger près d'eux. Je peux me coucher avec qui je veux sans le réveiller, sans l'importuner. Je peux dormir ensemble. Je peux partager le sommeil public de l'Azingo.

Ils sont tous bilingues...

Ils ont tous un double vocabulaire...

Madeleine, tu devrais apprendre le myéné, être bilingue, comme eux...

Elle ne dit que quelques mots seulement. Parfois, elle dit comme eux... éménokaoué... la vie, c'est comme ça... c'est comme ça la vie... c'est la vie...

J'aimerais bien qu'elle apprenne le myéné quand je serai parti.

De la plage avant, je regarde le fleuve qui file sous l'abattant, qui file la nuit sous l'abattant.

J'aime cet Azingo qui fait des escales sans s'amarrer, des escales dans la forêt, qui va d'une île à l'autre, d'une île de mer à une île de terre, sans toucher le continent.

L'eau va à quelques centimètres sous mes semelles. Le fleuve va, un fleuve d'okoumé, de kapok, un fleuve sans lumière, sans électricité, un fleuve libre.

J'ai envie de partager aussi cette nuit, cette remontée de l'Ogooué, avec les hommes et les femmes qui dorment habillés sous leurs pagnes.

Et je veux continuer à marcher comme eux sous la pluie, comme s'il ne pleuvait pas.

Madeleine est assise dans le salon de première. Sous la lumière blanche, elle ressemble à une Irlandaise.

J'imagine qu'elle se raconte son histoire de femme mariée, de femme en permission, de permissionnaire, comme ils disent ici, en Afrique. Elle a sûrement le désir de se sentir belle, aimante, séduisante, mais seulement le désir, l'émotion, rien d'autre.

C'est logique, mais je préfère l'autre, l'autre femme simplement, celle qui marche sur les billes de bois, celle qui veut voir N'Gomo, celle aussi qui souffle les mots dans ses mains comme dans un jeu, qui dérobe les enfants à leurs mères un instant, celle qui se cache, qui n'aime pas embrasser et qui cherche les fleurs, les plantes, les graines.

Parfois, elle va chercher des graines dans le sable, dans la lagune de Mandji, du Fernan Waz.

Nous allons d'Egnonga à Yombé, il fait nuit, nous remontons le fleuve, et je suis fasciné par son histoire interdite, son histoire de femme, simplement.

Je n'aime que les fleurs blanches cachées...

J'aime les sœurs des missions...

Je déteste les fleurs rouges...

Je me rends compte que je ne retiens que certaines des phrases qu'elle me dit, peut-être seulement celles qui ajoutent à son histoire interdite.

Je la regarde devant moi avec ses chemises les unes sur les autres. Je la tiens à la taille et je prends tous les tissus qui la cache, je les reprends comme disent les couturiers.

Tu n'es pas si mal, en femme...

Je n'aime pas mes seins...

Tu as tort...

Ce n'était rien, qu'un geste, une négligence, à peine une étreinte vestimentaire.

Le silence revient avec le bruit sourd du diesel de l'Azingo qui continue sa route entre les arbres. Je ressens même le mouvement lent du silence, comme toujours, après des heures de navigation.

Tout à l'heure la nuit s'arrêtera, comme elle le fait en équateur, en quelques instants, en virant au bleu, un bleu qui semble passer sous la nuit comme une lame de fond.

Viens...

Viens sur le pont... Viens dehors...

Je ne veux plus de la nuit enfermé dans ce salon de première, je veux la nuit dehors avec les mots libres qui vont dans la forêt, qui vont sur le fleuve avec le kapok.

Demain, nous dirons des mots de jour, des mots publics, et je la regarderai parler dans ses mains, souffler les sons dans ses mains comme le font les chanteurs de rags, de khayals, de ghazals.

Je voudrais dormir seul, à côté de toi...

Pour arrêter l'histoire un instant... cinq minutes, seulement cinq minutes...

Tu ne m'en veux pas...

Je voulais te dire... te dire là, comme ils disent en Afrique...

Tu es mieux que tu ne crois...

Je ferme les yeux. Je ne vois plus la nuit de l'Ogooué. Je ne vois plus Madeleine. Je suis devenu de la ferraille, comme de la ferraille de l'Azingo. Je n'ai plus que cette odeur sur ma peau, une odeur piquée, rouillée, trempée.

Je ne suis plus rien d'autre que de la ferraille, le temps de cinq minutes.

J'ai dormi cinq minutes comme un étranger. J'ai dormi sur le fleuve qui avançait avec un bruit de moteur.

Madeleine est toujours là, à côté de moi, assise, avec sa mèche de cheveux irlandaise. Elle me regarde comme quelqu'un de passage, comme quelqu'un qui va partir.

Tu as fait une analyse...

Non...

Peut-être qu'elle me ment ? Souvent, elle me ment pour rester elle-même. Elle a raison.

Ma question est presque irréaliste sur l'Ogooué, sur le toit de l'Azingo, en passant la ligne, la ligne de l'équateur, cette ligne qui tourne tout le ciel au sud pour les blancs.

Je n'aime pas la psychanalyse. Elle n'est jamais là pour protéger, pas encore...

C'est tout. Madeleine ne me demande rien. Je ne l'intéresse pas vraiment. C'est normal. Nous ne sommes l'un pour l'autre qu'une rencontre de passage, sur des billes de bois, sur un bac omnibus qui remonte l'Ogooué.

Il ne faut plus parler qu'au fleuve, au fleuve simple, sans électricité, au fleuve qui ne traîne que du sable, du sable venu de loin, de sous la forêt. De plus en plus, nous parlons à la nuit d'équateur.

Tous mes mots ont un goût de salive, ce mot grec du souffle, de la respiration. Ils sortent de ma bouche comme des papillons nocturnes, des phalènes qui vont sur le fleuve raconter l'immortalité de l'âme. Quelques papillons d'origine grecque s'en vont sur le fleuve Ogooué. Parfois, cela donne un peu de folie, l'histoire, l'origine des mots, un peu de folie nocturne sur la ligne de l'équateur.

N'ganga, je ne sais pas l'histoire du mot n'ganga, qu'ils disent sur le fleuve. A cause des billes de bois, Madeleine dit que je suis un peu n'ganga. Je la laisse dire, cela lui plaît.

Je la laisse dire, elle ne veut pas m'entendre, pourtant, je ne sais rien, presque rien, je suis seul, je n'ai pas de traces derrière les miennes. Cela ne va pas loin, les traces en arrière qui ne sont que les siennes.

Fais attention...

Pour voir, pour regarder, il faut faire attention, c'est la seule chose que j'essaye de lui apprendre, de lui dire, mais elle n'y prend pas garde.

C'est pourtant la seule chose que je sache. Je n'ai que cela à dire, mais elle ne m'écoute pas.

Je crois qu'elle ne se souviendra de rien, de presque rien, seulement des images accrochées à son histoire, accrochées à l'île Mandji. Je crois qu'elle ne se souviendra pas vraiment. Mais c'est peut-être mieux ainsi.

De toutes façons, nos histoires vont bientôt se séparer, comme l'Ogooué, comme tout à l'heure l'Ogooué se séparera en deux bras, l'un pour aller à Lambaréné, pour rejoindre Lambaréné.

Fais attention, Madeleine, sinon, on ne souvient de rien, de presque rien...

Tant pis, presque tout va à la traîne, dans les remous de l'Azingo, comme du kapok, comme ces petites boules de fibre qui filent sur le fleuve, vides, sans le fruit, le fruit du kapokier.

Madeleine me regarde comme si j'étais loin, loin d'elle, beaucoup trop loin d'elle. Alors je parle, je raconte, je parle pour ne rien dire. Je lui parle de l'Inde, des rags du matin, du soir, et des soufis, des poèmes soufis. Je lui parle de Majnûn, le fou, je lui parle de Laïla, la nuit, de Majnûn, fou de Laïla.

Madeleine a vécu en Egypte, elle connaît le mot majnûn, le sens de la folie en arabe.

Nous sommes sur l'Ogooué et nous naviguons vers l'est, nord nord est comme vers l'Egypte.

Elle est très simple, l'histoire de Majnûn. Tous les soirs, il frappe à la porte de Laïla.

Qui est-ce ?

C'est moi... répond Majnûn.

Et tous les soirs, la porte de Laïla reste fermée.

Qui est-ce ? demanda Laïla un autre soir.

C'est toi... répondit Majnûn.

Et ils commencèrent leur histoire.

Je ne sais pas si elle retiendra le poème soufi. En ce moment, elle est de l'île Mandji, seulement de l'île Mandji. Elle est à quai sur l'île Mandji. Sa vie est construite sur la lagune. C'est bien.

C'est mieux de ne pas être amants...

Oui...

Je voulais qu'elle me dise oui, ce soir, que c'était mieux.

Ce n'est pas simple pourtant, d'être un homme et une femme simplement, à certains moments.

Mais ce n'est rien, tout à l'heure, nous allons accoster dans les arbres, et nous allons tout oublier.

Tu veux un café...

Un thé...

C'est vrai, j'oubliais qu'elle était métisse irlandaise.

Une femme est presque nue jusqu'aux hanches sur la plage arrière de l'Azingo.

La lumière blanche a effacé les couleurs de son pagne. Elle est nue sous la trame.

Son fils, dans sa chemisette de maternelle, me dit: « mon ami », comme il a appris à dire « mon ami » à un blanc, à l'école ou sur les quais. Et il me fait signe de partir, de ne pas regarder sa mère aussi, peut-être ?

Je ne suis qu'un Blanc, je ne suis pas encore libéré de l'indécence.

Je reviens avec ma casserole à moitié pleine d'eau chaude. Je passe au-dessus de quelques dormeurs avec mon eau bouillante, mais il n'y a pas vraiment de risque, il n'y a pas de houle sur l'Ogooué.

Madeleine m'attend. Elle est accoudée au bastingage près du feu de position rouge qui lui fait des jambes de music-hall.

Elle ne veut plus de thé. Elle regarde les arbres à moitié noyés à quelques mètres de la coque de l'Azingo. Elle regarde seule. Son visage est grave, silencieux, adulte, très adulte. Elle ressemble à la nuit, au fleuve, à la forêt d'équateur.

Je ne veux pas t'ennuyer... Je n'aurais pas dû venir...

Tu ne m'ennuies pas....

Sa voix est loin, loin de la Madeleine de l'estuaire, de celle qui me parlait comme une mouette.

J'ai soif. J'ai envie de boire l'eau du fleuve, l'eau pleine de sable de l'Ogooué.

Demain, je boirai l'eau du fleuve, c'est sûr. Quand on s'arrêtera dans les arbres, j'irai sur l'abattant, sur la plage avant et je boirai l'eau de l'Ogooué.

Parfois, cela m'est égal, la médecine...

J'ai souvent bu, l'eau des fleuves...

Il ne voulait pas adopter...

Il a fallu que je lui dise que je le quittais...

Je finis mon café de quart de nuit.

Je la laisse avec son histoire vraie. Je préférais notre guérite, nos méprises.

La lampe mirador s'allume. Elle accroche un arbre au tronc blanc comme un bouleau, un arbre écorcé peut-être. La lampe cherche une case, elle cherche et c'est une baraque blanche, une façade blanche en bois.

Yombé. Nous arrivons à Yombé. Ils allument le projecteur de passerelle. Et il y a de nouveau les bruits d'insectes, de forêt, et les palmes qui brillent à la lumière. L'Azingo entre dans la forêt, dans ces grandes palmes qui viennent érafler la passerelle. Elles crissent et parfois se cassent sous la poussée de l'Azingo. Il y a aussi les reflets de forêt dans l'eau du fleuve, dans l'eau débordée.

Une nouvelle fois, nous accostons dans les palmes, dans les arbres.

Une case est éclairée par la lampe du toit. Je la vois derrière les piquants d'une palme qui font comme un grillage de ronces fines, comme des barbelés.

C'est une nuit, comme une nuit de cinéma sous lumière artificielle.

Yombé. Ils débarquent lentement. Ils ont le temps. Ils n'ont aucune impatience.

Peut-être par respect, personne ne va plus vite que les vieux.

Ils partent dans la nuit, dans la nuit des insectes.

Un coq chante. Un coq chante à la lumière diesel de l'Azingo.

Une vieille maman s'en va. Elle a de la couleur rose dans son pagne, un rose passé à l'eau du fleuve, aux pluies, un rose latérite. Elle s'en va. Elle passe devant une haie de roseaux, de roseaux plaqués à la coque. Elle avance avec ses jambes un peu écartées, ses jambes raides, prises à l'arthrose, au climat de zone humide. Elle marche avec ses hanches. Elle ne peut plus marcher qu'avec ses hanches maintenant. Elle est belle à voir partir avec sa maladie, avec son âge, avec son éternité, comme si elle racontait des siècles en allant dans la nuit.

Tout est calme, silencieux. Ils débarquent sans bruit, sans parole. Ils semblent indifférents au temps, comme à la pluie et aux moustiques.

J'aime la respiration lente de ces gens, le souffle de ces hommes et de ces femmes que la nuit d'équateur cache la moitié de leur vie.

Nous repartons. L'Azingo quitte Yombé, en arrière dans les palmes jusqu'au fleuve.

Je regarde les passagers de l'escale se faire prendre par la nuit. Je ne vois plus les cases. Ils sont seuls sur la rive, comme si nous les avions débarqués sur une île, une île de nuit, une île de forêt. Ils sont là, sous les arbres avec leurs quelques caisses, leurs quelques bagages.

Je ne les vois plus mais je sais qu'ils sont là.

Maintenant, je sais qu'ils sont là. Je sais qu'il y a de la vie cachée dans la nuit d'équateur. Je sais qu'il y a ces gens qui ont toujours le temps de rester immobiles pour se laisser prendre par la nuit, par le bruit des insectes, avant d'avancer, avant d'aller là, comme ils disent...

Cinq heures trente. Il fait nuit.

Cinq heures quarante. Tout est bleu. Même la forêt est bleue.

Il est juste avant six heures et déjà des nuages blancs sont dans le fleuve. L'Azingo navigue sur des nuages. L'Ogooué devient une trace, une large trace qui va à des milles et des milles nautiques.

Les nuages descendent le fleuve comme un train de bois, comme s'ils allaient à l'île Mandji.

Nous venons de traverser la nuit. Elle a disparu, emportant avec elle tout un vocabulaire, une langue, un dialecte, ne nous laissant que quelques mots diurnes.

L'Azingo est devenu blanc comme un nuage, il n'a plus de rouille, il est devenu blanc comme un cargo bananier, comme un paquebot des équateurs, des tropiques, des cancers, des capricornes.

L'Azingo s'est caréné à la nuit. Il sort de la nuit couleur de kaolin, couleur de rituel. Il est comme un grand masque sorti de la nuit pour aller jusqu'à Lambaréné, un grand masque blanc dans la lumière bleue de l'aube, de l'aube fulgurante d'équateur, de l'aube de quelques minutes.

Là-bas, tout à l'heure, à Lambaréné, il redeviendra ferraille, rien que de la ferraille accostée sous le pont, le grand pont moderne, contemporain, qui va de la forêt au quartier Isaac.

Six heures. Les arbres sont redevenus vert sombre, avec quelques aigrettes posées dans leurs branches comme des fleurs blanches.

Le bleu s'est voilé, il est devenu un blanc de tulle, avec quelques traces de gris clair dans la trame.

Maintenant, je suis seul avec mon histoire. Il fait jour et je suis seul avec mon histoire.

Je regarde l'Azingo remonter le fleuve.

Je ne sais plus ce que j'espère finalement, ce que j'attends. Je n'ai plus aucune idée de l'histoire à venir. Je ne suis plus qu'un touriste qui va doucement vers Lambaréné, vers le terminus de l'Azingo.

Madeleine est heureuse. Je la regarde, elle est heureuse, elle vit.

Elle a repris son allure de jour. Elle reparle avec ses mains, avec ses mots qu'elle pose dans ses mains, avant de les lancer, de les envoler.

Je regarde l'histoire qu'elle raconte dans ses mains. Elle est heureuse, elle n'imagine pas.

Elle ne remarque pas mon absence ni que je ressemble ce matin à un touriste qui remonte l'Ogooué et qui l'oublie même pour un autre fleuve, un autre qui allait de Rangoon à nulle part vers Pagan. Les mouettes venaient manger dans les mains et l'on pouvait louer des chaises longues des chaises coloniales de l'Empire britannique.

C'était une histoire vraie. Elle me manque. Le fleuve me manque. L'Irawadi me manque.

J'avais trop de désir et je n'ai jamais su lui dire les mots qu'elle savait écouter, ceux qui faisaient partie de son langage qui n'était pas le mien.

L'Irawadi me manque toujours.

Je regarde l'Ogooué. Je viens de le tromper comme on couche avec une femme en pensant à une autre, cet Ogooué qui vient de me faire traverser la nuit, une nuit transatlantique, un océan de nuit, l'Ogooué avec ses quelques cases sorties de l'ombre noire comme des baraques foraines.

Je ne suis pas fatiguée...

Plusieurs fois, Madeleine me dit qu'elle n'est pas fatiguée. Elle est gaie de se sentir aussi bien sans avoir dormi. Elle ressemble à une adolescente qui revient de sa première grande sortie.

Je ne partage pas sa gaieté mais cela me plaît qu'elle soit heureuse. Elle est vive comme une eau fraîche ce matin.

Pourtant le fleuve est monotone avec ses arbres à l'envers sur les rives, avec cette lumière du jour qui ternit les couleurs, cette lumière grise et blanche un peu lourde.

Une aigrette passe, posée sur un minuscule îlot de branchage. Elle se tient piquée droite comme un plumet de casoar.

Je déteste les repas du matin...

Je laisse Madeleine avec nos deux passagères de Libreville. Je les avais oubliées, nos deux épouses.

Tout à l'heure, je demanderai à la fang de Lambaréné de me dire un proverbe. C'est tout ce que je lui demande de temps en temps, depuis le début du voyage. Je n'aime pas les proverbes qu'elle a retenus. Je ne me souviens que du premier : « Quand tu fais un palabre avec ton frère, commence par te dire que ce n'est pas ton frère. » Je n'aime pas ce proverbe-là.

Peut-être que Madeleine est heureuse aussi d'avoir parlé au fleuve, aux arbres ?

Quelques phrases étaient bleues ou ocres, cette nuit, comme les cases sorties de la forêt sous la lumière de diesel.

Sur la plage avant, il y a une branche d'arbre en travers, prise dans la ferraille lors des accostages de nuit.

J'ai envie d'être seul. J'ai envie de fermer les yeux et dc parler doucement avec les mots qui s'écrivent, les mots qui viennent sans bruit dans le silence.

Le paysage change. Il y a de plus en plus de roseaux sur les rives, de longues bandes de roseaux parfois. Je vois mes premières pirogues. Elles semblent fuir les remous et le bruit de l'Azingo. Elles disparaissent dans les roseaux. Je ne vois plus que les têtes noires des pagayeurs et le haut de leurs gestes, lents, réguliers des gestes lents comme sans bruit.

Un pélican...

Madeleine m'a rejoint. Elle est gaie. Elle est heureuse de me monter des pélicans, qui fuient aussi par saccades, pour rester à distance, à vingt ou trente mètres de l'Azingo.

Je suis content que tu sois là...

Je le lui dis. C'est vrai, et pourtant, ce matin, je n'ai plus d'histoire.

J'entends la voix rauque de Jean-Yves, le pilote.

Sur la rive, certains arbres ont juste leurs feuillages hors de l'eau comme d'énormes boules de buis. Il n'y a personne, presque personne sur ce fleuve, seulement ces quelques pirogues, parfois, qui fuient dans les roseaux comme des pélicans.

Pour l'instant, je n'ai pas vu de remorqueurs, ni de train de billes d'okoumé.

Ce n'est pas grave, je préfère mes pirogues avec les hommes cachés, les hommes qui se cachent.

Madeleine est là, à côté de moi. elle a son épaule presque contre la mienne. elle est bien. Je sais qu'elle est bien. Elle semble libre maintenant, sur l'Ogooué, entre l'île Mandji et l'île de Lambaréné. Peut-être qu'elle se sent femme ce matin, belle, séduisante Elle est près de moi, libre, comme si le fleuve les arbres, les pélicans la protégeaient.

J'aurais aimé qu'elle reste dans la méprise, qu'elle se dédouble, qu'elle imagine, que rien ne soit réellement vrai.

Je ne veux pas que tu sois triste...

Je ne suis pas triste...

Je lui mens. En fait, je m'ennuie mais je n'osc pas le lui dire. Je m'ennuie de la nuit avec ces cases qui apparaissaient comme des mirages dans la lumière des projecteurs, avec ces accostages, ces passagers qui allaient dans un océan d'arbres.

Madeleine a le visage d'une amante ce matin, elle sent le fleuve, la nuit de l'Ogooué et les lumières du jour.

Madeleine, je n'ai pas envie de continuer seul...

Je voudrais que tu continues l'histoire avec moi...

Elle ne m'écoute pas. Elle aime trop les pélicans.

Elle les regarde fuir le bruit du moteur, la ferraille blanche de l'Azingo. Elle les regarde jouer à vingt mètres de l'étrave et prendre leur vol de grand bec.

L'Azingo ne remonte plus le fleuve. Il part en biais, en dérive vers les arbres mouillés. Il va vers l'Ogooué noir, l'Ogooué des rives, des arbres en double dans l'eau.

Le vieux bac s'approche de la forêt inondée, il cule par le travers. Le courant le met en évitage.

Et il s'encastre dans les branches hautes des arbres.

Il y a un énorme bruit de bois craqué et puis plus rien, l'Azingo est sous une voûte de feuillage.

Sur le fleuve, il pleut, un nuage gris passager.

L'Ogooué a comme des reflets de marée basse,de marée basse d'océan. Je ne sais même pas s'il pleut, je vois juste des flaques de pluie qui descendent le fleuve vers l'île Mandji, des flaques de pluie, d'eau piquée.

J'aime ces grandes flaques de pluies irrégulières qui descendent à la traîne.

Une adolescente regarde aussi le fleuve. Elle est très jolie avec sa chemise blanche à manches courtes, sa médaille de communion à l'envers, et ses omoplates saillantes. Je la vois un instant. C'est la première fois que je la vois sur l'Azingo.

Je ne la reverrai plus, certainement.

Nous sommes amarrés dans les arbres.

De son pas nonchalant, le commandant vient nous annoncer que nous sommes en panne.

Nous repartirons à midi moins...

La plage avant est dans les branches, sous les feuillages. De l'arbre sont tombés des pétales de lumière qui s'accrochent, qui ne filent pas avec le fleuve sous l'abattant.

Je me lave à l'eau de l'Ogooué. Une Africaine m'apporte un seau. Je me sens un peu impudique torse nu avec ma peau blanche, à cause de mon âge aussi sûrement.

A l'arrière, il y a une cabine avec un trou pour puiser l'eau. Madeleine a été se laver là, avec les femmes. Je sais comme elles se lavent avec l'eau dans leurs mains qu'elles passent sur leurs corps comme de l'huile ou un onguent.

Dans mon seau, l'eau de l'Ogooué est trouble, sablonneuse, et elle est claire, transparente dans mes mains. Je bois un peu de l'eau du fleuve, elle a le goût des arbres de la rive, de sable et de pétales de ciel.

Près de moi, il y a Victorine et Germaine avec leurs bébés. Elles regardent ma peau blanche avec curiosité en plissant leurs yeux comme des jeunes filles. Une écolière est à côté de Germaine. Elle porte une robe écossaise avec un col blanc impeccable, comme une robe du dimanche. Toutes les écolières sont habillées à l'occidentale, presque, à la mode citadine.

Nous sommes tous comme un peu gris, ivres, de nous retrouver dans le silence, sans le bruit du moteur.

Madeleine m'a rejoint. Nous sommes en bas tous les deux. J'ai l'impression que nous sommes acceptés. C'est vrai que nous avons traversé la nuit avec eux, ceux de l'Ogooué, ensemble.

Madeleine est gaie. Elle est heureuse avec toutes les mamans, fraîches, souriantes, brillantes à l'eau du fleuve.

Je m'assieds à côté d'un vieux qui ressemble à un Cubain avec son chapeau, ses yeux fendus, son tabac dans sa main. Il dit qu'il ne sait pas où nous sommes, qu'il ne sait pas le nom des villages. Il les connaît sûrement mais il me dit aussi que c'est une question pour le comandant. Il ne veut pas lui prendre sa réponse.

Les femmes posent un transistor sur une caisse. C'est la première fois qu'il y a de la musique sur l'Azingo, un air gabonais avec accordéon, une chanson, une seule chanson. Ici, on ne lit qu'un livre, on n'écoute qu'une chanson, une que l'on sait pendant des mois.

Le commandant Jacques vient voir ces femmes qu'il emmène sur le fleuve toutes les semaines ou presque. Il est souriant avec elles, souriant, nonchalant et séducteur. Il prend l'une d'elles par l'épaule, il lui prend sa main aussi. Elle se défend gentiment, elle se défend gentiment du commandant.

Je n'avais pas encore vu de scène de séduction sur l'Azingo, ni même entendu se parler un homme et une femme à part quelques mots de nuit secrets, cachés.

Le commandant Jacques est souriant comme un jeune homme presque. J'aime bien comme il va d'une femme à l'autre, comme s'il les avait toutes aimées. J'aime comme il les approche, comme il vient près d'elles retrouver le souvenir de ses aventures anciennes, de ses passades dans les nuits sous l'équateur.

Une maman ronde, joviale, chante. Elle brille à l'Ogooué comme à une friction de Cologne. Elle chante et elle rit. Elle sait que le commandant est derrière elle. Elle chante et elle rit, elle rit aussi du commandant, du séducteur, de l'homme à jupons, de l'homme à pagnes.

Où il est Jacques... Où il est Jacques... Jacques...

Elle chante et elle rit, et chacun de ses rires raconte comme une histoire ancienne.

Seul, le commandant Jacques met un nom sur chacun de ces rires, un nom ou plutôt une nuit d'amour ou de plaisir.

Toutes les femmes reprennent ensemble les refrains. Elles chantent en ouvrant toutes de grands becs sourires. Elles sont heureuses, elles sont toutes heureuses comme Madeleine.

Seule, la camerounaise passe, indifférente à la musique, avec sa coiffure en cours, des tresses toutes droites comme des baguettes, comme si sa tête était criblée de flèches noires.

Une femme prend Madeleine dans ses bras et la fait danser. Elles dansent entre femmes comme dans un bal de province. Un grand soutien-gorge blanc de catalogue sort de son pagne. Elle danse avec ses yeux grands ouverts, des yeux cadeaux. Elle n'est pas jolie mais elle est incroyablement belle avec son émotion qui brille sur sa peau.

Les autres femmes dansent assises sur leurs bancs en balançant leurs tailles au dessus de leurs hanches. Elles dansent et elles chantent avec leurs mains ouvertes comme elles donnent le salut.

Les autres hommes ne regardent pas les femmes, il n'y a que Jacques et moi qui nous permettons ce privilège, peut-être ?

A la fin de la musique, la danseuse au soutien-gorge se rassied, toute intimidée, surprise d'elle-même, d'avoir peut-être invité à danser une blanche. Elle est belle aussi comme elle se cache, au bout d'un banc avec ses mains sur son visage.

Elle ne chante plus, elle n'ose plus regarder la madame.

L'Azingo est reparti. Sa panne silencieuse a duré quelques heures. Nous passons à côté d'un village, quelques cases sur la rive.

Un homme lit allongé dans la soute. Il lit un livre immobile. Il lit dans le bruit des machines entre des jerricans, des paniers, des bidons de carburant. Il est immobile comme son livre. Il est comme un livre lui aussi.

Mon Cubain se prépare lentement une cigarette en papier. Ma présence lui est tout à fait indifférente. Il n'a pas besoin de parler.

C'est étonnant comme ces hommes de l'Ogooué ne parlent jamais, presque jamais.

Le fleuve est monotone. La musique s'est arrêtée. Il n'y a plus que le bruit du moteur, les arbres pris dans l'eau, et de plus en plus de roseaux sur les rives, comme des lacs de roseaux, des lacs de lotus. De temps en temps, on aperçoit une pirogue sur le fleuve. Elle disparaît presque comme un oiseau craintif, elle glisse dans les roseaux. Il n'y a rien devant elle, qu'un lac de lotus qui la cache aux hommes qui remontent le fleuve à moteur.

Madeleine est sur sa natte, à côté de moi, sur le toit de l'Azingo.

Je m'ennuie, je n'ai plus un mot dans la bouche je n'ai plus d'histoire, plus rien.

Je me cache comme les hommes dans les lotus. je me cache seul dans ma veste qui sent la ferraille, qui sent la nuit.

Je m'endors sur le pont. Le fleuve est blanc, blanc comme ma peau. Et il me pique les yeux. Je suis piqué de partout aux yeux et sous la peau.

Je n'avais pas envie d'être seul sur l'Ogooué. Ou peut-être que j'avais envie d'être double, comme les cases, comme les arbres, comme les oiseaux ? Peut-être aussi que j'avais envie de tuer l'un des doubles, comme on le faisait autrefois, dans le temps en Afrique ?

Pour une fois, je voulais partager, mais je ne sais pas, je ne sais plus. Je ne sais plus partager une histoire vraie.

Non, je ne peux pas te dire...

Tu veux que je te laisse ?

Non... C'est mieux si tu restes là...

Peut-être que je suis venu ici, seulement pour son histoire, uniquement pour la sienne.

Après mon quart, je vous arrive...

J'aime bien le phrasé de Jean-Yves, le pilote, sa façon de dire qu'il viendra tout à l'heure partager une bière.

Nous accostons dans un village par tribord, un village avec une vraie rive comme un quai, un quai de terre et de sable.

Il y a un très beau manguier au milieu des cases, un vieux manguier dont les branches vont jusqu'à terre.

Je veux une mangue, une de ces petites mangues douces, fraîches, qui sentent l'écorce et le fruit, qui sentent la pluie.

Je veux descendre à terre, je veux aller sous l'arbre.

Je veux aussi que tu écrives...

Tu veux vraiment que j'écrive...

Oui...

Quoi...

Je ne sais pas.. remercie le directeur du Centre culturel, les épouses, ceux de l'Ogooué, les arbres...

J'écris qu'il y a une femme avec son enfant dans ses bras...

Elle mange une mangue, une mangue de Saïna, du village de Saïna. Elle en donne des morceaux mâchés à son enfant avec sa bouche comme un oiseau. elle est grande, élancée, avec de longues mains fines comme une Peul ou comme une Ethiopienne.

Il y a du fruit de la mangue autour de ses lèvres, du jus et des fibres. Elle est comme un fruit, sa bouche est devenue un fruit. Elle n'a aucune douceur sur son visage, aucun sourire, ni même pour son enfant. Elle regarde le fleuve, à l'écart, à l'écart du monde, des passagers.

Elle a sûrement embarqué à Saïna. Je ne l'ai pas vue avant, et je l'aurais remarquée.

J'aime sa bouche qui est faite pour les mangues. J'aime comme elle me regarde un instant avec une sublime indifférence.

Je voudrais remonter le fleuve avec les mots, les paroles... Aide-moi, Madeleine...

Elle ne sait presque plus rien. Et elle oublie sciemment les mots qu'elle ne veut pas me dire.

Finalement, il n'y a que les mots d'amants qui se retiennent, ce sont toujours les mêmes, toujours dans le même ordre ou presque.

Ce sont les plus facile à dire.

Madeleine, une pirogue, au loin, vient de disparaître dans le haut des arbres, dans les arbres mouillés. C'est beau. Est-ce que cela peut s'écrire? Est-ce que c'est suffisant ?

Madeleine, est-ce que tu sais le nom du sémaphore, à l'entrée de l'Ogooué ?

Ozoumboua...

Et les noms des villages...

Mandorove, N'Gola, Egnonga, Yombé, Essende, N'Goumbi, Saïna...

Tu les as tous bien écrits ?

Oui... Je les ai même écrits en double pour moi...

Et après Saïna ?

C'est N'Gomo...

Je vais me souvenir de N'Gomo, à cause de toi...

Pourquoi ?

Parce que tu m'as dit que peut-être, tu pourrais finir ta vie là...

Madeleine, écris le nom du remorqueur qui passe...

C'est le premier remorqueur que nous croisons. Son pilote nous fait des signes avec ses bras levés comme un plongeur de tremplin de dix mètres.

Camille. Port Gentil. 3118.

Je voudrais retenir au moins cela.

J'ai tellement l'impression d'avoir tout oublié.

Cela ne se raconte pas, normalement, une histoire presque, n'est-ce pas Madeleine ? Presque, comme ils disent, ici, sur l'Ogooué.

Madeleine, je veux voir N'Gomo...

N'Gomo.

Pour l'instant, ce n'est qu'un clocher rose sur une colline, au-dessus du fleuve, des arbres, de la forêt, un clocher d'un rose pâle, rose latérite, avec des pierres d'angles brunes, très brunes.

C'est une mission protestante, me dit Madeleine.

Le clocher est plus haut que les oiseaux. Il est au-dessus du ciel des oiseaux.

L'Azingo va doucement sur tribord. Il y a sûrement une anse derrière cette colline qui abrite le village de N'Gomo.

Une femme monte à pied vers le temple avec une charge sur sa tête. Elle vient de nulle part, des roseaux, du fleuve. Parfois, je me demande si certains ne viennent pas réellement du fleuve, comme dans les légendes anciennes.

Nous dépassons légèrement le clocher. Dans les arbres apparaît une grande case coloniale avec son toît de tôle, une case sur pilotis avec sa véranda, son promenoir.

Le village est au bord du fleuve, derrière le cap, loin, loin en dessous du clocher.

Il y a une pancarte blanche sur la grande case près du fleuve, une pancarte de gare, de station, comme une pancarte d'arrêt obligatoire.

N'GOMO

L'Azingo réduit son moteur. Nous accostons dans le silence sur la berge de N'Gomo. Il n'y a pas de courant, le fleuve est comme arrêté là, dans cette anse, l'Ogooué ressemble à un grand lac blanc, ici, sous l'église et le ciel des oiseaux.

Juste au bord du fleuve, il y a un arbre, comme un arbre parasol.

Je ne pense pas à demander à Madeleine le nom de cet arbre. J'oublie toujours de lui demander le nom des plantes, des végétaux, des graines, des fleurs sauvages. C'est dommage.

J'entends les premières paroles venues de la rive, les premiers insectes, les premiers oiseaux.

Viens... dépêche-toi...

Et l'Azingo...

Cela m'est égal... S'il ne nous attend pas, cela n'a aucune importance... Il y a des pirogues rapides... Nous sommes des Blancs, nous avons de l'argent....

Oui...

Viens...

Cela m'est venu sans réfléchir de débarquer à N'Gomo.
N'Gomo... je veux voir N'Gomo...
Viens... Nous allons voir N'Gomo...

En débarquant, je retrouve Madeleine comme sur les billes de bois, Madeleine qui ne serait pas descendue toute seule, qui aurait laissé passer N'Gomo, comme si elle n'y avait pas droit, comme si elle ne se donnait le droit à rien. Je retrouve Madeleine nerveuse, inquiète comme si elle avait peur d'être sur la terre de N'Gomo, peur de ne plus jamais pouvoir la quitter.

Près de l'arbre parasol, un vieil homme de l'Ogooué me demande doucement si je vais rester à N'Gomo. Je lui réponds que je viens habiter là. Je ne sais pas pourquoi je lui mens aussi inutilement.

J'ai seulement envie de fuir un moment, de quitter l'Azingo, de ne plus entendre le bruit du diesel.

J'ai envie d'aller dans le bruit des oiseaux..
Viens...
Viens près des femmes qui parlent à coup de becs...
Viens...
Je veux qu'il n'y ait plus que le bruit des oiseaux...
Nous remontons un sentier large comme un chemin pour carrioles, un sentier entre des haies où se cachent des fleurs blanches et mauves.

C'est un sentier d'Irlande, presque.

Il n'y a personne sur la colline, dans la grande case coloniale de la mission. N'Gomo, la mission de N'Gomo, le temps s'est arrêté ici, il y a quinze ans ou vingt ans peut-être. Il n'y a plus personne.

La pharmacie, les bâtiments Asie, Amérique, Japon, sont fermés, abandonnés. Pour l'instant, seul, le bâtiment Europe s'est écroulé en partie.

Le temps s'est arrêté à N'Gomo, mais tout est là, comme si quelqu'un pouvait revenir demain, le demain de l'Afrique.

Trois chèvres sont attachées aux pilotis de la grande case fermée, vide.

Tout est rose, rose latérite, un rose inouï dans ce monde vert, vert sombre de l'équateur.

Madeleine, il n'y a personne, ici, à N'Gomo... Il n'y a personne là où tu voulais venir...

Nous n'osons pas faire de bruit. Nous nous parlons à voix basse dans cette mission abandonnée.

Viens voir Madeleine...

Elle ne vient pas vraiment s'accouder avec moi à la fenêtre sans volets d'un pavillon dont je ne sais le nom. Elle préfère les arbres, la colline, l'Ogooué.

Elle ne regarde pas avec moi.

Je ne sais qui a quitté cette pièce, il y a cinquante ans, un pasteur ou un économe peut-être ? Il a laissé la porte ouverte et un voile blanc, une moustiquaire d'entrée se balance à la brise des hauteurs de N'Gomo. Son livre est toujours là posé sur la table recouverte d'une toile cirée en vichy bleu. Il est toujours là, ouvert à la même page. Seul, le papier a changé, il est devenu jaune, cachou, comme le calendrier dont je ne peux lire l'année mais qui me rappelle ceux de l'après-guerre.

Tout est comme avant, respecté comme avant. Il n'y a pas la moindre trace d'une vie présente.

Pourtant, un homme de l'Ogooué vit là. Mais il n'a touché à rien, ni même au livre, ni au calendrier.

Hier, c'est comme le demain, en Afrique, il n'a pas de durée. Cela ne veut rien dire d'ailleurs, une durée qui s'efface en un instant, comme un coup de dés, quand le présent revient.

Il n'y a plus de N'Gomo, Madeleine...

La mission s'est arrêtée dans le temps, dans le temps exact du dernier jour.

N'Gomo s'est arrêtée en s'approchant trop de Lambaréné avec ses pirogues rapides, ses pirogues Evinrude, Johnson, des pirogues qui filent comme des avions jusqu'aux grands embarcadères de la ville Schweitzer.

Le temple domine l'Ogooué avec son clocher rose de trente mètres en briques de latérite. Il domine l'Ogooué presque jusqu'à Lambaréné.

Il est fermé, seulement pour préserver les paroles anciennes. Il n'y a plus rien à l'intérieur, il est vide, ils me l'ont dit, en bas, au village.

Il n'y reste plus rien que les paroles étrangères.

Il n'y reste plus rien que le respect des hommes et des femmes de l'Ogooué, c'est tout, si l'on peut dire.

Peut-être que nous aurions ressemblé à de vrais mariés dans la travée centrale, sous la voûte ? J'ai toujours ressenti une étrange sensation d'être homme et femme dans les lieux sacrés, peut-être celle de dépendre de la nuit des temps, des origines.

Nous sommes seuls sur la colline de N'Gomo, seuls au-dessus du fleuve, au-dessus du ciel des oiseaux.

N'Gomo, la mission stérile, c'est peut-être pour cela que Madeleine aime N'Gomo, qu'elle aimait N'Gomo, sans la connaître.

Viens, nous irons aussi à Lambaréné, nous irons voir tes sœurs de saint François-Xavier.

Je suis triste ou j'ai de la tendresse pour elle, je ne sais pas. Souvent, je suis triste pour elle de la voir dessiner sa peine à chacun de ses gestes, à chacun de ses mouvements, comme si elle la dessinait dans l'espace, sans le savoir, à son insu, ou à l'insu des autres ? L'un ou l'autre je ne sais ?

Madeleine est partie dans l'allée des fleurs blanches de N'Gomo. Elle est partie toute seule débusquer les fleurs blanches cachées dans les haies.

Elle est incroyable, elle trouve toutes les fleurs cachées. Elle chasse les fleurs, elle les chasse comme des papillons mais sans les prendre. Elle n'arrête jamais de chercher les fleurs, les graines, le pollen.

Comme cela, de loin, elle ressemble vraiment à une botaniste britannique.

Peut-être que c'est mieux qu'elle soit venue dans ce pays où la stérilité est endémique ? Peut-être que c'est mieux pour elle ?

Madeleine...

Elle se retourne vers moi. Elle m'avait oublié. C'est bien.

Je suis ému par N'Gomo, par Madeleine à N'Gomo. J'ai de l'émotion pour elle, là, à cet arrêt obligatoire entre l'île Mandji et l'île de Lambaréné.

Tout à l'heure, sur l'Azingo, elle notera quelques phrases brèves sur N'Gomo.

C'est peut-être là que Monsieur et Madame... allées... fleurs blanches... Monsieur et Madame... communion....

Pour la première fois, je la verrais imaginer, dire l'autre histoire, l'histoire double comme le fleuve, celle qui, normalement, ne se raconte pas.

Dans la grande case tout près de l'Ogooué, les enfants sont à l'école, en classe unique.

Le fleuve coule avec sa lumière blanche à travers les volets à claires-voies.

Les enfants sont silencieux pourtant le maître n'est pas là.

Ils n'ont pas de livres sur leurs bureaux d'écoliers, sur leurs vieux pupitres doubles à encriers. Ils n'ont pas de livres, pas de cahiers, pas de crayons, pas de cartables. Ils n'ont rien dans cette grande case en briques de l'ancienne mission de N'Gomo, sur le fleuve Ogooué. Ils n'ont rien qu'une craie pour écrire au tableau, pour conjuguer, pour calculer.

Il n'y a plus rien pour les enfants de l'école de N'Gomo, ils sont trop près maintenant de Lambaréné.

N'Gomo s'est arrêté un jour, seulement à cause d'une pirogue à moteur.

Nous avons repris l'Azingo qui tire sa ferraille contre le courant du fleuve.

La nuit d'équateur approche la forêt.

J'ai hâte de la nuit, j'ai hâte de cette dernière nuit sur l'Azingo. J'ai envie de me cacher dans la nuit, qu'elle m'éloigne de N'Gomo. Je ne veux plus voir N'Gomo, je ne veux plus me souvenir de la tristesse des enfants de N'Gomo dans cette classe sans maître, d'un maître qui était allé boire une bière raffinée au Gabon.

Je ne veux plus me souvenir de N'Gomo, de la mission rose latérite dans le vert sombre de la forêt. Je veux oublier cette mission stérile, inutile.

Il fait nuit. Il pleut.

Il pleut des moustiques.

Il pleut toujours des milliers de moustiques sous un projecteur de passerelle, la nuit, sous l'équateur.

Il pleut. Ca dégouline du toît de l'Azingo comme un rideau de perles, de perles transparentes.

Tout à l'heure, je mettrais les nattes sur le pont pour rester à l'étroit, immobile, entre le rideau de pluie et la cloison de ferraille. J'ai envie de dormir dans la nuit, dans la nuit trempée.

Il n'y a plus vraiment de voyage, nous sommes trop près, nous aussi, de Lambaréné, à quelques heures de Lambaréné.

Cette nuit, je ne regarderais rien jusqu'à Lambaréné, presque plus rien.

Heureusement, il pleut une vraie nuit d'équateur, presque aussi forte qu'une pluie de mousson. Et les mots se taisent à cause de l'eau qui tape sur le métal, qui ruisselle sur le pont.

Je crois que Madeleine est heureuse qu'il y ait une autre nuit, que le voyage ne finisse pas encore.

C'est le dernier repas que nous partageons sur l'Azingo. Le commandant accepte de nous rejoindre avec son équipage de passerelle. Madame N'Guié vient aussi dans sa belle robe pagne de femme de commandant.

Nous ne parlons pas, presque pas. J'apprécie ce repas silencieux, sans questions, sans dialogue autre que celui du partage du riz, du pain et du vin.

Vous lui faites plaisir....

Parfois, le commandant Jacques parlera pour son second ou pour son pilote. J'aime bien sa façon de dire, de parler avec attention, de remercier pour son équipage. Il enverra seulement sa femme chercher son pain. Il ne mange pas les fourmis.

A la fin du dîner, ils ne s'attardent pas, ils quittent, comme ils disent.

Il n'y a pas eu de discussion. Ils ne nous ont donné que leur présence, eux-mêmes. C'est tout.

Ils sont venus, et c'était déjà beaucoup.

Nous allons. Nous allons là, sous la pluie, vers Lambaréné, une vraie pluie humide qui vous prend, même à l'abri, une pluie qui vous plaque contre les parois de l'Azingo. L'Azingo, le lac des douleurs, de l'enfantement, ce n'est rien d'autre que cela, pour ce voyage, la signification de l'Azingo. Pour d'autres voyages, les mots auront un tout autre sens, aussi vrai, aussi juste.

Je n'ai pas vu N'Gomo comme Madeleine, je n'ai vu ni les orangers, ni les mandariniers. Je n'ai pas tout vu parce que je ne suis pas botaniste, comme elle. Je n'ai pas vu non plus l'entrée du lac Onangué. Je n'ai vu qu'une mission surplombant le fleuve, de la couleur rose et des pupitres sans livres, sans crayons, sans cahiers.

Je n'ai rien su, sauf une femme stérile qui trouvait des fleurs cachées dans les haies du chemin qui menait au temple, tout en haut, au-dessus des arbres, au-dessus des oiseaux, au-dessus du fleuve, de tout le fleuve navigable qui va de Mandji à Lambaréné.

Madeleine...
J'aimerais bien raconter tout cela...
Même si tu dis que c'est sans importance...

Germain...
Germain vient de débarquer. Il est dans la nuit, sur la rive du fleuve, de l'Ogooué.
Germain...
La passagère blanche de Libreville dit son nom de la passerelle, elle l'appelle et son cri va jusqu'à la rive, jusqu'aux arbres, jusqu'à lui, le jeune Eshira, qui n'est ni son fils, ni son amant, mais qui pourrait être l'un ou l'autre.
Elle l'appelle du pont de l'Azingo, et son visage est trempé à l'eau de pluie.
Germain reste immobile sur la berge, il ne fait pas un geste. Il se laisse prendre par la nuit sans bouger, sans faire le moindre signe, comme un pygmée, comme un Eshira.

Germain vient de disparaître dans la nuit, dans les arbres, il vient de disparaître sous l'équateur.
La passagère de Libreville a oublié la pluie, la pluie qui coule sur sa peau, sur ses seins, sur sa lingerie. Un tout jeune Eshira lui a fait oublier la pluie, la décence. C'est bien.

Son histoire est la même, peut-être, une histoire de tendresse et de stérilité aussi ?

L'Azingo va sur sa route de Lambaréné et il emmène une passagère de Libreville qui est enfin nue sous ses vêtements, pour la première fois, peut-être ? Tout à l'heure, quand elle appelait le jeune Eshira, je m'en souviens, j'ai eu cette idée étrange, qu'elle était nue sous ses vêtements pour la première fois.

Elle est là, seule, accrochée au bastingage, et elle est femme, incroyablement femme ce soir, comme jamais je n'aurais pu l'imaginer.

Viens...

Viens dormir sur le pont avec nous....

Tu es bien ?

Oui...

Je suis sûr qu'elle est bien, tout près de la pluie, allongée à plat dos contre la ferraille, contre la cloison de la passerelle. Pour ce soir, elle aime la pluie, elle aime l'eau, elle aime Germain aussi, s'il était encore là, Germain qui veut faire de la mécanique dans un village sans routes, sans voitures, sans moteur à explosion, dans un village où il n'y a nulle part où aller plus loin que les cases.

Je suis heureux de dormir sur le pont sans pouvoir bouger parce que je suis trop près de la pluie, cette pluie qui ruisselle du toit de l'Azingo.

Je m'endors presque sous cette gouttière près de ces deux femmes stériles qui ne cessent de raconter leur histoire sans la dire.

Je somnole et la pluie va jusqu'à Lambaréné, presque, jusqu'à trois cases sur tribord, pas très loin de Lambaréné.

C'est mon fleuve... C'est mon fleuve....

La passagère Fang de Libreville se met à crier. Elle est sur le pont et elle crie devant ces trois cases, ces trois cases de banlieue, de banlieue proche de Lambaréné.

Elle crie et elle s'emplume comme un oiseau de bord de rive. Elle pose comme sur les images de l'album de luxe du fond Gabon. J'ai vu cet album. Au chapitre Lambaréné, c'est elle, il n'y a qu'elle, et les mots à l'encre de son mari. Sur les images aussi, elle a l'air emplumée comme un oiseau de rive.

Elle crie sur le pont de première classe. Elle ne sera jamais descendue sur le pont inférieur de tout le voyage. Quelqu'un a dit : « Elle a peur d'être confondue avec le peuple, elle qui a eu l'homme blanc. » C'est un peu comme elle crie: « Mon fleuve », alors qu'elle a peur de l'eau, la Fang, la princesse des trois cases de Lambaréné.

C'est étrange comme elle crie de ce pont de passerelle, comme une hystérique. Elle dit toute seule son histoire falsifiée. Elle dit, et le monde est vide, il n'y a plus d'équateur, il n'y a plus d'hommes, il n'y a plus de forêt, il n'y a plus d'Ogooué. Elle raconte une histoire qui ne va nulle part, pas même jusqu'aux arbres.

C'est peut-être parce qu'elle est sans enfant, elle aussi, qu'elle s'est inventée cette autre femme, cette histoire qu'elle raconte à son fleuve, ce fleuve dont elle dit qu'il est le sien ?

Peut-être ?

Lambaréné, nous approchons de Lambaréné. Nous sommes à moins d'un mille de Lambaréné. Nous approchons de l'électricité. Nous allons atterrir de nuit à la ville de Lambaréné. Droit devant, il y a le pont moderne, le grand pont qui relie l'île au continent Afrique, au Gabon.

L'Azingo redevient un bateau piqué, rouillé, un vieux bac en manque de carénage, un vieux bac écaillé, ébréché par les pluies. Il n'est plus qu'un vieux bac qui fait les îles.

L'Azingo va. Il va aller lentement s'accoster sous la première arche du pont, à l'abri du courant.

A un demi mille de la côte, l'Azingo est encore aussi grand que la ville. Il est aussi grand que Lambaréné.

L'Azingo va encore doucement, mais c'est fini, il devient lentement moins haut que les arbres, moins haut que le pont. L'Azingo continue à faire route, mais ce n'est plus lui qui s'approche, c'est Lambaréné, c'est la ville qui s'approche, qui se lève, qui grandit, qui devient comme un mur, un mur d'impasse droit devant nous.

Maintenant, nous sommes tout près de Lambaréné. Le ciel s'éloigne à cause des lumières électriques.

L'Azingo va lentement s'échouer sous la première pile du pont. Il n'y a pas de débarcadère, pas de môle, juste un quai en pente.

Il ne pleut plus. Seule, un automobile noire stationnée sur le quai brille encore de mille gouttes de pluie.

Nous arrivons à Lambaréné sous un pont en mettant le cap sur une automobile.

L'Azingo brasse autant de sable que d'eau à l'accostage, à l'échouage en bout de quai.

Madeleine n'est pas loin de moi. Elle regarde cette plage avant en fer qui va, qui s'approche du quai. Il ne reste plus que quelques mètres d'Ogooué, à peine, pour arriver, pour finir le voyage. Juste une plaque de métal, un abattant sur le quai et tout est fini, terminé ou presque. Madeleine accoste à Lambaréné, mais pour elle, c'est comme si elle accostait à Mandji, à l'île Mandji, et même dans sa rue, tout près de sa rue, à quelques mètres.

L'Azingo est presque à quai quand il ripe tout à coup par le milieu sur un banc de sable. Il dérape comme un navire qui chasse sur son ancre. Avec sa plage avant, il accroche deux pirogues qui vont ricocher sur le quai comme des galets plats.

Et puis rien, plus rien, l'Azingo va prendre sa place sous le pont, lentement, un peu comme se déplace un lamantin.

Maintenant, il n'y a plus de bruit de moteur et nous avons le temps. Nous ne sommes pas arrivés à une heure d'hôtel, les chambres seront fermées, Madeleine le dit, il n'y aura que le veilleur de nuit. Ce n'est pas grave, nous attendrons dans le hall. Nous attendrons l'arrivée des

Gabonaises du matin. Elles arriveront sûrement dans des robes du soir avec de grandes échancrures. C'est presque toujours ainsi dans les hôtels pour Blancs, pour riches.

C'est étonnant, de se retrouver sur une route goudronnée entre des arbres et d'avancer soi-même, d'être obligé d'avancer soi-même. Mais il suffit de suivre Madeleine, de longer le cimetière, un cimetière sans murs, dans les roseaux, comme un cimetière en friche près du fleuve. Il suffit de la suivre et de regarder la mission des sœurs quand elle le dit, et un peu plus loin, la mission des frères. Il suffit d'aller comme cela jusqu'à l'Ogooué Palace.

Je jette mes chaussures usées en route. J'arriverais pieds nus dans le Palace. Cela m'amuse.

Je suis pieds nus et je pue l'Azingo, la ferraille, la nuit moite d'équateur.

Je suis bien dans le hall de l'hôtel en attendant le jour. Je suis bien sans rien regarder, sans être obligé de me souvenir, de retenir tout ce que je regarde.

La Fang est parti.

Je viens de voir Madeleine.

Je lui ai parlé, mais mes phrases étaient d'une autre latitude, au nord, bien au nord de l'équateur. Je suis peut-être loin déjà.

C'est l'eau de l'Ogooué... C'est l'eau du fleuve...

Elle est heureuse de baigner dans l'eau du fleuve.

Elle fait toute petite dans l'eau de sable avec ses bras autour de ses genoux.

Elle me parle de l'eau du fleuve, de l'Ogooué. Elle me parle doucement, simplement. Elle me parle d'elle aussi. A un moment, elle m'a dit : mon ventre, je ne le vois plus.

Je m'en souviens, j'ai retenu cette phrase, il me semblait qu'elle faisait partie de l'histoire.

Ensuite, j'ai regardé Madeleine un instant, et j'ai su que dans quelques heures, dans quelques jours, elle me dirait que de toutes les phrases que j'ai retenues, aucune n'était vraie.

Je suis sûr que dans quelques jours, je n'aurai pas d'autre histoire que la sienne.

Viens...

Je t'attends...

Je veux aller à l'hôpital Schweitzer....

Il y a François. Il fait partie de l'histoire.

Je veux regarder encore l'hôpital Schweitzer.

Pourtant, je suis fatigué de regarder.

Viens...

Tu me montreras le quartier Isaac, et l'usine de savon à l'huile de palmes...

Nous verrons peut-être aussi le lac Zilé...

Elle aimerait aller chez les Mishogos, sur le lac, et se cacher comme eux dans les roseaux. Parfois, il lui arrive de rêver d'être une Mishogo, de vivre dans une case en écorce, loin du monde, comme une vraie botaniste.

Madeleine, je veux une pirogue, je ne veux pas arriver par la route moderne. Je veux aller à l'hôpital, comme avant, par le fleuve, par l'Ogooué. Comme avant.

Il y a du kapok sur l'Ogooué, des milliers de flocons de kapok. L'Ogooué est blanc comme un lac.

La pirogue arrive doucement à flanc du débarcadère en ciment, pris par les herbes. Les herbes ont poussé sur le ciment. Ce n'est plus qu'un ponton désaffecté.

Nous accostons devant des cases bleues aux toits en tôle rouillée. Et le bleu et la rouille sont aussi dans l'Ogooué. La pirogue a traversé les couleurs en arrivant sur la rive. Les cases bleues sont derrière un arbre qui ressemble à un figuier, un figuier avec des fleurs rouge foncé aux pétales piquantes.

Tout est pris par les herbes. Maintenant, l'hôpital ne regarde plus le fleuve, il s'est tourné vers le haut, vers la route, la route bitumée, asphaltée.

Une femme en jupe jaune, jaune d'or passe.

Il y a des bancs, à l'abri des toits, devant les cases bleues.

François, l'infirmier est là. Il est assis là, derrière l'arbre, à côté d'un joueur de solitaire qui met des billes dans des cavités, des billes de couleur, et qui ne gagne jamais. Madeleine l'appelle Joseph mais il s'appelle François. Au début, elle l'appelait par son nom, et puis, un jour, elle s'est trompée sur le fleuve, et maintenant, elle l'appelle Joseph. Mais c'est François qui est là, au bord de l'Ogooué. Il regarde l'Ogooué, avec ses jambes presque mortes qui pendent de son tabouret.

Ça va...

Un peu...

Et les jambes...

Les jambes...

François me répond doucement, à peine. Sa phrase est un peu grise, comme les tôles. C'est un mot ancien pour lui, lointain, les jambes, un mot d'autrefois, d'il y a longtemps..

Je suis heureux de le saluer.

Il y a un peu de Schweitzer dans vos mains...

Je ne sais pourquoi me vient cette phrase de touriste ? Tant pis. Elle est vraie. J'accepte cette phrase qui m'échappe.

Je lui même serré la main plusieurs fois...

Il me le répète. Il me le dit deux fois comme on parle sur le fleuve, deux fois, et c'est pour dire trente ans, pendant trente ans "plus".

J'ai de l'émotion en regardant François, l'infirmier, assis sur son tabouret devant la façade bleue de sa case, tout près du débarcadère.

Vous êtes venu comme lui...

Vous venez comme Schweitzer...

Je vous attendais...

Ce n'est pas moi qu'il attend, mais c'est bien qu'il se trompe pour dire la vérité.

Tout est étrange devant cette façade bleue.

Deux femmes nous interrompent pour dire à François de continuer à vivre, de ne pas partir.

François, il ne faut pas partir...

Il faut continuer à vivre...

Elles le lui disent avec gaieté, avec un fort accent de lèvres, un accent qui fait claquer les mots sur leurs bouches. C'est important. Peut-être qu'elles ont dit que c'était important. Je ne sais plus. Il m'a semblé. Il faut qu'il reste, il faut qu'il se souvienne pour elles, François, pour tous. C'est un peu comme cela qu'elles l'ont raconté, avec des couleurs sur leurs visages, les mêmes que celles de leurs pagnes.

Je suis devant François et je sais que nous devons parler vite, seuls, tous les deux.

Tu l'aimais ?

Oui...

Nous parlons simplement, comme deux hommes simplement.

Nous n'avons plus le temps. Pour des raisons différentes, nous n'avons plus le temps, lui et moi.

Un jour il est parti... Il était fatigué... Il nous a demandé de continuer...

C'est une œuvre qu'il a faite...

Il faut continuer, et après moi, d'autres vont continuer...

Maintenant, François attend. Il ne parle plus. Je suis là, devant lui, mais je sais qu'il regarde le fleuve. Il attend. Il continue à attendre là, à quelques mètres de l'embarcadère. Il attend Schweitzer, il attend la mort, c'est pareil pour lui, la mort qui a commencé à le prendre par les jambes.

Je reviens demain...

Je mens. Je ne reviendrais pas. Je ne reverrais pas François.

Il me sourit peut-être ? Il regarde l'Ogooué, l'Ogooué du débarcadère, l'Ogooué des pirogues, de Schweitzer. Il regarde et il attend.

Je m'en vais.

Maintenant, je sais où est Joseph ou François, pour toujours.

Je sais où il attend la mort bleue de la case, et la mort de l'Ogooué, un Ogooué blanc peut-être, ce jour là, tout blanc de kapok.

Tout à coup, j'ai envie d'être seul. J'ai envie que Madeleine s'en aille, qu'elle ne me suive plus sur ce sentier de l'hôpital, qu'elle retourne sur l'Azingo retrouver son amie Madeleine, son amie commerçante du marché de Mandji. Elle s'appelle Madeleine aussi, c'est normal, tout est double sur le fleuve, sur l'Ogooué. Elles ont le même âge ou presque. Madeleine, l'Africaine est peut-être stérile aussi, je n'en sais rien, peut-être ? Je ne sais pas, je l'imagine.

Je veux rester sur le sentier... Je ne veux pas voir l'hôpital moderne, en haut, l'hôpital des scanners, l'hôpital de la route...

Madeleine s'est arrêtée au service de psychiatrie, dans l'ancien village hôpital de Schweitzer, dans l'hôpital tourné vers le fleuve.

Une jeune fille est assise là, dans une grande case ouverte avec des bancs tout autour, une case comme un kiosque, comme un grand kiosque rectangulaire. Elle est là, assise, assise en blouse blanche, assise tranquille, avec des fous autour d'elle, des malades mentaux, des patients. Elle est là, immobile, calme.

Il y a une frise au-dessus d'elle, des dessins en couleurs. Ici, il y a des dessins d'enfants pour les internés, les internés libres de Lambaréné. Il n'y avait pas de dessins à N'Gomo, je m'en souviens, les murs étaient nus.

J'aime mes patients...

Elle le dit toute seule, semblant le dire à personne, à tout le monde..

Elle me montre deux cases, deux cases toutes proches, fermées, avec deux portes blanches, à claire-voie, à damiers.

Je les amène là, quand ils ont une bouffée délirante...

J'aime son geste qui me signifie les deux cases.

Je ne m'en vais pas. Je reste près d'elle. Je la regarde, elle ne dit rien.

Praxène, je lui ai demandé son nom, pour entendre sa voix, sa voix qui aime ses patients,.

Je lui touche sa main. J'ai envie de sa peau noire, de ses seins que j'entrevois sous sa blouse ouverte. Il y a du bleu sombre dans le noir de sa peau.

Dix ans de ma vie, dix ans d'hôpital me reviennent et je suis mieux là, dans cette case libre ouverte, dans cet hôpital en pente qui descend de la route vers l'Ogooué. Je suis mieux là, avec elle.

Praxène, il faut que je la regarde, que je la regarde vraiment. Il faut que je prenne un peu d'elle, de sa peau, de ses gestes, de sa respiration.

Il faut que je m'en souvienne pour une autre histoire. Je n'ai que deux minutes. Je n'ai que deux minutes en face d'elle, au milieu des fous assis sur les bancs qui font le tour du kiosque.

Praxène... Je dois écrire une histoire où il y a une infirmière. Je voudrais que tous ses mots vous ressemblent. J'aurais pu le lui dire. C'était vrai. Pour une fois, j'aurais dit la vérité à l'avance sans me tromper.

Je voudrais aller dans la case blanche...

Je voudrais être enfermé une minute...

Praxène hésite un instant, puis elle me laisse faire. Elle me laisse aller.

Je veux la regarder par les carrés de la porte blanche. Et j'ai envie d'être seul, vraiment seul, enfermé.

Assise par terre, devant l'entrée de la case blanche, il y a une femme, entièrement nue. Elle a de longues jambes, belles. Sa peau est un peu grise de poussière. Elle dessine un mot avec son doigt, un même mot qui ne laisse pas de traces. Elle fait un dessin qui ne laisse pas de traces. Cela fait dix ans qu'elle est assise là, sur le chemin, en dessinant un mot qu'elle efface. Autrefois, elle enseignait, elle apprenait aux autres. Maintenant, elle dessine doucement sur la terre.

Je suis bien. Je suis calme dans la case des agités. Je vois le ciel par les carrés de la porte, je vois le chemin, Praxène, le village hôpital de Lambaréné. Les deux cases sont juste devant les cuisines. J'aime bien cette idée que les agités puissent regarder les repas se préparer.

Maintenant, je sais que j'ai fini, que j'ai presque fini mon voyage de l'île Mandji à l'île de Lambaréné.

Je remercie Praxène, je la remercie aussi pour toucher ses mains.

C'était bien... Je voyais la liberté... je voyais la vie...

Je ne suis pas resté longtemps, mais je me suis reposé, incroyablement reposé.

Praxène se tient droite devant moi. Il faudra que je me souvienne comme elle se tient droite, immobile, sans effort. Et de sa façon particulière de vous regarder, comme si vous étiez tous les autres et un seul dans le même instant.

Je suis un peu malade...

Quand je pars, elle me dit qu'elle est un peu malade, doucement.

Je suis un peu malade... Je vais aller prendre un médicament...

Je la regarde une dernière fois. Il faut que je la regarde vraiment pour me souvenir d'elle, plus tard, loin, loin de l'équateur, pendant des heures d'écriture, plus tard, dans quelques mois.

Je n'ai plus qu'une seconde pour me souvenir d'elle. Je n'ai plus qu'une seconde pour la regarder partir, de dos, sur le chemin.

C'est fini.

L'infirmier qui la remplace vient de l'hôpital de la route. Il porte des objets à sa ceinture, une torche, des clés. Il me fait peur, il m'inquiète. Il sent le bitume, l'asphalte. Il marche comme quelqu'un qui vient de descendre d'une automobile. Je préfère Praxène qui va doucement, à l'allure des pirogues, qui sent le fleuve, les roseaux, les pélicans et qui n'a rien, et qui est nue sous sa robe.

Madeleine marche sur le chemin raviné, en pente, sur le chemin de l'hôpital de la route, de la seule route du Gabon qui va de Libreville à Lambaréné.

Madeleine, je ne veux plus rien voir, ou vite, très vite...

Je la laisse aller devant jusqu'au musée, jusqu'à la case Schweitzer. Je la laisse s'éloigner. Je n'ai plus besoin qu'elle soit près de moi. Je ne suis plus vraiment là.

Pardonne-moi, Madeleine...

Je ne t'ai pas écoutée...

Nous venons de déjeuner dans le restaurant de l'hôtel Schweitzer, au dessus de l'Ogooué.

Nous sommes restés seuls dans la grande salle, et je n'ai pas entendu ce qu'elle me disait. Je ne suis même pas sûr que nous nous soyons vraiment parlé.

Je suis fatigué. Je ne regarde plus rien. Maintenant, je suis là, par hasard, à Lambaréné. Je bois du vin et je n'attends plus qu'une automobile pour retourner à Libreville.

Je ne connais presque plus Madeleine depuis que nous sommes arrivés à Lambaréné. Je vois seulement qu'elle continue une histoire qui n'est pas la mienne.

Je l'ai quittée, à N'Gomo, je crois. Et je viens de quitter le fleuve, l'Ogooué, par la vitre de l'hôtel, là, tout de suite, il y a une minute à peine.

Madeleine... nos silences sont trop différents...

J'ai envie de partir...

Je la laisse retourner seule à la mission chercher les bagages. Je n'ai pas voulu revoir la douce mère Supérieure qui prie saint François-Xavier tous les soirs, ni cette autre sœur qui va librement folle dans la cour, qui étouffe dans ses habits de religieuse, et qui se promène avec des herbes dans sa main, des herbes mordues par les chiens. Et j'ai peur surtout de revoir cette petite fille aux yeux noirs.

Va dormir dans le petit bureau... Va te coucher...

Le ton de la sœur était celui de l'habitude. Je ne veux plus l'entendre, je n'ai pas le courage de l'entendre. C'est ma vie, ma vie ancienne qui me revient sans cesse. Mon Dieu, mon Dieu, parfois, c'est trop difficile. Souvent, j'ai envie de dire, mon Dieu, pourquoi me rappelez-vous ma vraie vie si souvent ? Pourquoi ?

Pourquoi ma vraie histoire est-elle revenue, ici, encore, à Lambaréné ?

Je ne veux pas retourner à la mission, Madeleine..

Je n'ose pas lui dire que j'ai peur, une peur infinie de revoir cette petite Africaine aller lentement, traverser toute seule la cour, la cour de la saison des pluies, de la haute saison du paludisme. Elle a de la fièvre, trop de fièvre.

Je n'ose pas dire que je n'ai rêvé qu'une fois, en vingt ans, de ma petite fille morte, elle traversait une cour elle aussi, elle avait le même âge que la petite Africaine. Elle aussi, elle allait lentement en sachant toute son histoire.

J'ai peur d'aller à la mission...

J'arrive quand même à avouer cela à Madeleine, mais sans explications, sans rien.

Maintenant, je n'ai vraiment plus rien à dire. Je ne vois plus rien.

Je ne vois plus rien non plus sur la route jusqu'à Libreville, tout juste les contrôles de police qui de temps en temps mettent des chicanes sur l'asphalte. Je remarque à peine le bloc de béton qui marque la ligne de l'équateur, cette stèle qui me dit que je viens de passer l'équateur. C'est comme un morceau de route carré qu'ils ont mis là, sur le bas-côté, comme un morceau de bitume.

Je ne vois plus rien. Je n'imagine plus rien.

Je vais nord-ouest jusqu'à la côte, jusqu'à l'aéroport. Je n'ai plus rien à dire.

Je retrouve la ville, la ville capitale et les mots vulgaires d'un employé de France, d'un expatrié, d'un employé rémunéré de Ministère. Lui, il imagine, il imagine une histoire normale, une histoire comme presque tout le monde, une histoire où j'ai bien baisé de la petite Noire.

C'est comme cela que je retrouve les mots de la ville, les mots loin de l'Ogooué, tous ces mots des villes blanches qui ne savent plus très bien ce qu'est le respect de l'homme et de la femme, simplement.

Je suis fatigué. Je n'ai même pas envie de répondre. Je préfère m'en aller. Je sais que cela n'intéresse pas, mes histoires d'un homme et d'une femme, simplement.

Maintenant, je ne dis plus rien à Libreville, si, quand même, au revoir, à Madeleine.

Madeleine, il y a tout le temps des histoires...

Non...

Je te jure que oui, il suffit de regarder...

Tu verras, dès demain, tu trouveras plein d'histoires...

Demain...

Elle me dit, demain, comme une Africaine. Elle est un peu africaine aussi, je crois. Elle est un peu triste aussi, je crois.

C'est fini. Je prends l'avion qui va vers le méridien de Greenwich. Et je me dis que ce n'est pas grave, qu'il ne se soit rien passé, peut-être ? De toutes façons, je ne suis pas sûr que quelqu'un voudra croire qu'il y a un vieux bac construit à Dieppe, un vieux bac qui accoste dans les arbres, là-bas, loin, sous l'équateur.

C'est fini. Je quitte la ligne nord-sud et je sais bien qu'à ce moment-là, pour Madeleine, il n'y a plus qu'une seule histoire, la sienne, et que la mienne n'existe pas.

Eménokaouë... c'est la vie, comme disent les Myénés...

Dépôt légal
Février 1999
achevé d'imprimer
sur les presses de
l'Imprimerie Slatkine à Genève-Suisse.